크리처스

곽재식

크리처스

7 금저 편上

신라괴물해적전

곽재식×정은경×안병현

0

근래 명주*에는 산불이 자주 일어 이를 피해 명주를 떠나는 백성들이 많아졌다. 사내아이와 엄마도 그러했다. 아이는 며칠을 굶은 것처럼 비쩍 말라 큰 눈만 도드라져 보였다. 아이의 손을 잡은 엄마가 빨리 걸으라고 채근할 때였다.

"바다로 가려거든 통행세를 내야지!"

뺨에 칼자국이 길게 난 해적이 튀어나와 앞길을 막았다. 어느새 뒤로도 부하 서넛이 막고 있었다. 모자는 반항도 못 하고 봇짐을 빼앗길 수밖에 없었다.

"이런 거적때기 말고 쓸 만한 건 없어?"

엄마가 아이를 꼭 끌어안으며 말했다.

"그게 전부예요. 제발 살려 주세요."

"어미는 밥이나 짓게 하고 아들놈은 노예상한테 팔아야겠다. 요즘 높으신 분들 취미가 괴물 키우기거든. 입맛 까다로운 괴물도 어린아이만 보면 군침을 흘린다지?"

---

*명주: 9주 5소경의 하나. 지금의 강원도 영동 지역을 이름.

아이 엄마가 두 손을 모으며 살려 달라고 빌었다.

아이의 큰 눈에서 눈물이 뚝뚝 떨어졌다.

"엄마……, 무서워……."

해적들은 공포에 질린 모자를 보며 뭐가 그리 우스운지 킬킬 웃어 댔다.

그때였다. 화살 하나가 바람을 가르고 날아와 우두머리의 팔에 꽂혔다. 팔에 꽂힌 화살을 부러뜨리며 우두머리가 소리쳤다.

"이건 또 뭐야?"

웬 여자가 그늘에서 걸어 나왔다. 여자는 꽃사슴 가죽으로 만든 화살통과 가방을 메고, 물소 뿔로 만든 커다란 활 맥궁을 들고 있었다. 종종머리를 비녀로 높이 올려 말았으며 꽃잎을 주렁주렁 단 귀걸이를 하고 있었다.

"언제부터 해적이 노약자를 괴롭히는 잡놈이 된 게냐?"

여자가 혀를 끌끌 차며 말했다.

"넌 또 뭐냐? 너도 괴물 밥이 되고 싶어 제 발로 찾아온 게냐?"

우두머리가 물었다.

"그건 아니고. 날 뭐라고 불러야 할까나? 아직 바다에 떨칠 해적 이름을 못 정했거든."

코끝을 긁으며 여자가 말했다.

"네 이름은 내가 정해 주마. 넌 이제 '죽은 목숨'이다! 하하하!"

여자가 덤비라고 손을 까딱까딱했다.

"죽을 목숨은 네놈이거늘. 헛바닥이 길구나. 덤벼라!"

여자의 도발에 약이 바짝 오른 해적들이 눈에 불을 켜고 달려들 었다. 여자는 제 키보다 훨씬 큰 해적들을 향해 화살을 쏘고, 활로 목을 치고, 발로 걷어차 순식간에 제압했다. 마지막 남은 해적이 겁 에 질려 달아나자 아이가 여자를 향해 외쳤다.

"감사합니다! 누나는 바다에서 우리를 살려 주려고 나타난 선 녀님 같아요!"

아이의 엄마도 고맙다며 여자에게 연신 고개를 조아렸다.

"좋아. 이제부터 내 이름은 '바다선녀'다! 하하하."

바다선녀가 호탕하게 웃어 젖혔다.

"죽어라!"

쓰러진 척하고 있던 우두머리가 달려들어 뒤에서 바다선녀의 목을 졸랐다.

그때였다. 하늘에서 구름이 내려온 것처럼 안개가 자욱해지기 시작했다. 안개는 코를 찌르는 유황 냄새를 풍겼다.

"독이다! 코를 막아!"

우두머리의 손아귀에서 가까스로 벗어난 바다선녀가 소매로 코와 입을 막으며 외쳤다. 아이와 엄마도 다급히 소매로 코를 막았다.

"괴, 괴물이다! 저리 가! 저리 가!"

안개를 들이마신 우두머리가 실성한 사람처럼 눈이 풀린 채 허공을 보고 소리쳤다. 그러더니 망설임 없이 옆에 있는 짱돌로 제 머리를 몇 번이고 내려치는 게 아닌가!

'대체 무슨 일이 벌어지고 있는 거지?'

모자를 데리고 달아나다 뒤를 돌아본 바다선녀의 눈에 뿌연 안개 뒤로 시커먼 형체가 비쳤다. 바다선녀는 두 눈을 의심했다. 하얀 안개에서 모습을 드러낸 것은 꾸물꾸물 움직이는 거대한 황금 덩어리였다.

1

　소소생이 얼음 도깨비가 된 흑삼치를 물리친 지도 어언 열흘이 지났다. 그 말인즉 지귀의 몸이었던 소소생이 고래눈과 입맞춤을 한 지 열흘이 지났다는 소리였다.

　소소생은 고래눈과 다시 만나면 고래 풍탁으로 만든 지휘봉이나 흔들며 김해경을 거닐어야겠다고 생각했다. 그러다 새끼나 좀 꼬면서 이런저런 이야기를 나누어도 좋겠다고 생각했다. 하지만 고래눈은 감감무소식이었다.

　"겨우 입맞춤이었을 뿐이야. 고작 입맞춤이었다고."

　그래도 첫 입맞춤인데. 소소생은 내심 고래눈에게 먼저 연통이 오기를 기다렸으나 고래눈은 한참 전에 이곳 김해경을 떠났다는 소문만 무성했다. 허탈해진 소소생은 마음이 무너질 것 같았다.

　"철불가, 저 차인 거예요?"

"아니지."

철불가가 검지를 흔들며 단호하게 답했다.

"그렇다면……?"

소소생은 희망을 담아 철불가를 바라보았다.

"사귄 적도 없는데 차인 건 아니지. 말은 똑바로 해야 하지 않겠니?"

소소생은 입술을 부루퉁하게 내밀었다.

"고래눈은 저한테 전혀 마음이 없는 걸까요?"

"모르겠구나. 왜냐면 나는 항상 제발 연락 좀 달라는 여인들에게 둘러싸여 살았으니까. 하지만 내 탁월한 공감 능력을 발휘해서 고래눈의 입장이 되어 말해 주마."

한참 뜸을 들이던 철불가는 혀로 입술을 한 번 축이고 말을 이었다.

"아마 고래눈은 너랑 입맞춤한 건 진작 잊었을 거야. 지금 시국이 어떠하니? 흑삼치가 자취를 감추는 바람에 동해를 차지하려는 잔챙이 해적들이 하루가 멀다 하고 싸움을 일으키고, 김 대사나 박 한찬 같은 관리들은 일관되게 백성의 고혈을 빨아먹는 하 고달픈 때가 아니니?"

구구절절 철불가의 말이 맞긴 했다.

얼음 도깨비가 되었다가 소소생에게 격퇴당한 후 흑삼치 해적단은 동해에서 모습을 감추었다. 정확한 경위는 알 수 없었으나 무시무시한 해적 흑삼치가 순순히 은퇴했을 리 만무했다. 얼음 도깨비의 힘과 함께 녹아 사라졌다는 둥 소소생을 죽일 독약을 찾으러 갔다는 둥 무수한 낭설이 돌았다. 그중 흑삼치가 야욕을 채우기 위해 더 큰 바다로 나갔을 것이란 설이 가장 유력했다.

"게다가 네가 이런 고민을 하는 거 자체가 고래눈에겐 무례일 수 있어. 네가 다시 지귀로 만들어 달라고 거짓으로라도 좋아한다고 말해 달라고 부탁했잖니. 그 부탁대로 고래눈은 네게 친절을 베푼 것뿐이란다. 더 바라면 못써."

철불가가 참으로 안됐다는 표정으로 소소생을 바라보았다.

"역시……, 그런 거겠죠?"

소소생이 어깨를 축 늘어트렸다.

"소소생, 난 이제 김해경을 뜰 거란다. 작별 인사는 하지 않으마."

철불가가 묵직한 봇짐을 챙겨서 일어났다. 그러자 소소생이 봇짐을 잡아당겼다.

"그건 두고 가셔야죠."

철불가가 미소를 지으며 짐을 내려놓았다.

"녀석! 눈치가 제법 빨라졌구나!"

철불가가 챙긴 짐은 소소생의 것이었다. 정확히는 백적계 부하들이 소소생을 위해 열심히 모으고 벌어서 바친 금은보화였다.

"보기보다 재물 욕심이 있구나. 네가 간사하고 비열한 해적이 된 것 같아 무척 기쁘단다."

철불가가 마음에도 없는 소리를 했다.

"그 보물은 충성스러운 우리 부하들이 저에게 준 거라고요. 철불가가 도박으로 날려 버리게 둘 수 없어요."

"그 충성심의 절반은 덕담계 해적 2인자인 나에게 있지 않겠니? 그러니 우리 반반 하는 게 어떨까?"

"됐거든요?"

"세상에는 이별할 때 상대방의 상처를 보상하기 위해서 내주는 벌금 같은 게 있단다. 그러니 너랑 나도 관례에 따라 이 재물을 절반으로 나누는 게 어떻겠니? 그동안 널 비열하고 간사한 해적으로 키우려고 뒷바라지하느라 내가 얼마나 고생한 줄 아니? 내가 널 위해 바친 찬란한 청춘과 더욱 멋졌을 젊은 날에 대한 보상을 받고 싶을 뿐이란다."

철불가가 궤변을 늘어놓았다. 소소생은 들어주고 싶지 않았으나 철불가가 떼를 쓸수록 그와 영영 헤어질 수만 있다면 얼마가 됐든 값을 치르고 싶었다.

"정확히 반만 가져가세요. 대신 다시는 서로 눈앞에 나타나지 않기!"

보따리를 푼 소소생이 보물을 탈탈 털어 바닥에 쏟았다. 소소생은 보물을 눈대중으로 대충 나눈 뒤, 딱 봐도 좀 더 많은 쪽을 철불가에게 주었다.

"나도 바라던 바다! 무소식이 희소식이라고 하니 서로 이름 들리지 않게 살자꾸나."

신이 난 철불가가 재물을 챙기고는 길을 떠났다.

소소생도 자기 몫의 재물을 봇짐에 챙기고 일어났다. 소소생은 철불가와 반대 방향으로 몸을 돌렸다. 철불가와는 되도록, 전력을 다해서 멀어지고 싶었다. 그리고 고래눈을 잊을 수 있는 곳으로 가고 싶었다. 고래눈이 전혀 생각나지 않고 그의 소식이 닿지 않는 곳. 산세가 험하여 바다가 보이지 않는 곳.

소소생은 그러한 곳을 찾아 걸었다.

독 안개를 벗어난 바다선녀는 모자를 바닷가로 피신시킨 뒤 그들과 헤어졌다.

"대체 그게 뭐였지?"

바다선녀는 아까 본 것을 잊을 수 없었다. 유독한 냄새를 풍기던 안개 속에서 모습을 드러낸 것은 분명 거대한 황금 덩어리였다. 명주에서 해적질을 한 지 벌써 몇 해째였으나 그토록 신기하고 요사스러운 것은 처음 보았다.

"집채만큼 커다란 황금이라니."

바다선녀가 갸우뚱 고개를 기울였다. 잘못 본 것이 아니라면 그 황금 덩어리는 어쩌면…….

그때 뒤에서 험악한 목소리가 날아들었다.

"네가 바다선녀냐?"

바다선녀가 돌아보자, 명주 병사들이 검을 겨누고 있었다. 장수 옆에는 바다선녀와 싸우다가 달아났던 해적이 서 있었다.

"저 계집이 요사스러운 도술로 허연 연기 같은 걸 뿜어내어 두령을 죽였습니다! 저 계집이 분명 바다선녀가 맞습니다."

"엥? 내가? 연기를 뿜었다고?"

해적의 말에 바다선녀가 금시초문이라는 듯 어깨를 으쓱했다.

"어쨌든 해적이 맞지 않느냐? 명주를 통치하는 주군왕께서 해적을 소탕하라 하셨으니 네 목숨은 주군왕의 것이다."

장수가 근엄하게 말했다.

"이보시오, 장군. 내 가진 건 없지만 작은 성의를 좀 봐 주실 순 없겠소?"

바다선녀가 눈웃음을 살살 지으며 가방에서 진주 목걸이 하나를 꺼냈다.

"해적이란 놈이 감히 관리한테 뇌물을 바쳐?"

장수가 어처구니없다는 얼굴로 물었다.

"이게 바로 '사군이물'이오."

"'사군이충'은 들어 봤는데 '사군이물'은 무엇이냐?"

"화랑이 지켜야 할 세속오계를 본따 나만의 해적오계를 지었다오. '관직에 있는 자에겐 뇌물로 대한다'는 뜻이지."

"너 같은 것이 어찌 세속오계를 안다는 게냐?"

장수의 물음에 바다선녀가 아련해진 눈으로 하늘을 올려다보았다.

"이 몸은 본디 원화*였거든."

---

*원화: 신라 때 청소년 수련 단체이자 단체의 장을 맡은 여자 청소년. 화랑의 전신

나는 명문가의 자제는 아니지만 타고난 두뇌와 미모를 갈고닦아 원화가 되었소.
원화만 되면 정시 출근, 정시 퇴근과 안정적인 수입이 보장될 줄 알았으나······.

오늘 첫 부임인데 이 많은 일들을 어떻게 처리하란 것인지····.

우리도 알아서 했으니 신입 너도 알아서 하렴.

다 했다! 한숨 돌리····.

신입아, 이거 내일 출근 전까지 부탁해.

아함~

예?

달이 중천에 떴는데요?

휘리릭

"이제 알겠소, 나 바다선녀의 탄생 설화를?"

바다선녀가 거들먹대며 물었다.

"다 묶었습니다!"

병사들이 장수에게 말했다.

"엥?"

과거를 회상하는 사이 병사들이 바다선녀를 밧줄로 꽁꽁 묶어 놓은 것이었다. 뒤늦게 포박당한 것을 깨닫고 당황한 바다선녀가 얼굴빛을 바꾸며 짐짓 엄숙한 어조로 말했다.

"이보시오들! 단단히 헛다리를 짚었소. 사람 미치게 하는 안개를 만든 건 내가 아니래도! 괴물의 짓이란 말이오! 그놈이 뿜은 안개를 마시니 순식간에 그 해적 놈이 미쳐 버리더라니까!"

"내 보기에 미친 건 너다."

장수가 칼집으로 바다선녀의 뒤통수를 쳤다. 바다선녀는 '내가 여기서 이럴 몸이 아닌데……'라고 생각하며 까무룩 쓰러지고 말 았다.

"금목걸이 하나만 더 달라고 하는 건데."

철불가가 아쉬운 듯 혼잣말을 했다. 그는 결국 마음의 고향이자 사기꾼들의 천국 사포로 돌아왔다.

시장은 여전히 북적였다. 이제 사포에서 장인과의 사투로 무너졌던 흔적은 찾아보기 어려웠다. 과거의 재난보다 현재 삶의 무게가 더 큰 탓이었다. 백성들은 하루하루 먹고살 걱정에 눈코 뜰 새 없이 바빴다. 시정잡배가 드잡이를 하고 수군은 상인에게 뇌물을 강요하는 지금 이 모습이야말로, 사포가 원래 모습을 회복했다는 증거였다.

"시비와 협박이 난무하는 곳! 내가 사랑하는 사포! 협잡질에는 이만한 곳이 또 없지."

철불가는 시장을 지나며 가게에 걸린 챙이 넓은 모자를 슬쩍 훔쳤다. 여전히 사포 곳곳에는 철불가의 잘생긴 얼굴이 그려진 용모파기가 잔뜩 붙어 있었다. 철불가는 모자의 챙으로 조막만 한 얼굴을 가리고 자신의 목에 걸린 현상금을 봤다. 전보다 세 곱절이나 올랐다.

바로 옆 소소생의 용모파기에는 철불가보다 열 곱절이나 많은 현상금이 적혀 있었다. 죄목도 여백이 부족할 만큼 빼곡했다. 죄목의 가짓수도 흑삼치나 고래눈보다 많았다.

"삼면총해적주 괴물적 덕담계 두령 소소생? 뭐 이렇게 수식어가 길어? 내 이럴 줄 알았으면 소소생이랑 헤어지지 말고 함께 사포로 돌아오는 건데! 소소생을 냉큼 관청에 바쳤어야 했어!"

"철불가가 먼저 헤어지자고 한 거거든요?"

어디선가 소소생의 목소리가 들렸다.

"허? 이 녀석! 두 번 다시 보지 말자더니 나를 쫓아온 게냐?"

철불가가 반갑게 고개를 돌렸다. 소소생이 있다면 정말로 관청에 데려갈 생각이었기에 함박웃음이 절로 지어졌다. 하지만 소소생은 어디에도 보이지 않았다.

"소소생? 소소생아? 환청이 들렸나?"

철불가는 새끼손가락으로 귀를 후볐다.

"차라리 내가 자수를 할까? 그러면 현상금을 주려나? 현상금만 받을 수 있다면 자수했다가 관청을 탈출하면 되는데 말이야."

철불가가 소득 없는 혼잣말을 할 때 또 소소생의 목소리가 들렸다.

"이 비장이랑 김 대사가 그렇게 둘까요? 이번에 철불가를 잡으면 바로 죽이려고 들걸요?"

"소소생? 진짜 너냐?"

아무리 둘러봐도 소소생은 없었다. 철불가는 잽싸게 바닷가로 달려가 찬물로 세수를 했다.

"피곤해서 그런가. 잠이 덜 깨서 그런가. 왜 소소생 목소리가 들리는 거야?"

"왜긴요. 철불가가 절 못 잊어서 그렇죠."

파도로 일렁이는 바닷물에 느닷없이 소소생의 얼굴이 둥실 떠올랐다.

"으헉!"

철불가가 놀라서 엉덩방아를 찧자 소소생의 희미한 웃음소리가 들렸다.

"이 녀석! 너 어디에 있는 거야?"

"전 언제나 철불가의 마음속에 있어요. 철불가가 저를 그리워하

고 있으니까요."

"내가 너 같은 놈을? 왜?"

"윤리, 도덕 같은 건 전혀 모르던 철불가가 저와 다니면서 양심이란 게 생겼기 때문이죠."

"시끄러! 귀찮은 녀석! 술을 진탕 마시고 일어나면 네놈의 목소리가 들리지 않겠지."

철불가는 눈앞에 보이는 가장 큰 술집으로 들어갔다.

술을 마시면 환청이 사라질 줄 알았건만 철불가는 소소생의 환영까지 보게 되었다. 술을 마실수록 소소생의 얼굴이 또렷해지니 철불가는 주정뱅이처럼 계속 소리쳤다.

"저리 가! 내 머릿속에서 사라져!"

2

"누가 내 이야기 하나?"

소소생이 귀를 후비며 혼잣말을 했다. 소소생은 철불가와 헤어지고 후련한 마음으로 길을 떠났다. 며칠을 걷고 걸어서 발이 부르트고 다리에 힘이 없어 더 이상 걷지 못하게 됐을 때 비로소 걸음을 멈췄다. 바로 이곳 명주에서 말이다.

명주는 소소생이 지내던 사포와 많이 달랐다. 앞은 탁 트여 바다가 보이고, 뒤로는 절벽처럼 높고 가파른 산이 있어 묘한 고립감을 주었다.

"과거를 잊기에 최적의 장소야."

소소생이 말한 과거라 함은 당연히 고래눈이었다. 소소생은 사귄 적도 없으면서 혼자 이별의 아픔을 달래고 있었다. 그리고 이곳에서 새로이 시작하기로 결심했다.

명주에서 머물 만한 곳을 찾아다녔으나 산세가 험준하여 사람의 흔적을 찾기가 힘들었다. 다행히 높은 나무 사이로 초가집이 옹기종기 모여 있는 산골 마을이 보였다. 그리고 거기서 조금 떨어진 곳에서 고즈넉한 절을 발견했다. 고래눈에게 상처받은 마음을 치유하려면 아무래도 절만 한 곳이 없었다.

"그냥 들어가도 되려나? 저기요?"

소소생이 절간을 기웃거리자 동자승들이 달려 나왔다. 얼굴에 장난기가 가득한 동자승 하나가 소소생을 손가락질하며 말했다.

"어라? 걸인이다!"

실제로 소소생은 고된 여독으로 영락없는 거지꼴이었다.

"꼬마야, 난 걸인이 아니라 덕담꾼이란다!"

"거지가 거지라고 인정하는 거 봤어요?"

"진짜 덕담꾼이래도?"

소소생이 억울해하자 장난기 가득한 동자승이 말했다.

"그럼 덕담 하나 해 보세요."

"좋아. 내가 왜 여기로 온 줄 아니? 사실 나는 덕담꾼으로 성공하고 싶었어. 물론 잠깐 성공해서 멋진 괴물과 덕담 공연도 했었지. 하지만 '번'듯하게 살려고 '아'등바등했더니 정작 '웃'음을 잃어버렸단다. 이런 걸 '번아웃'이라고 해. 어떠니, 나의 번아웃 덕담이?"

소소생이 자부심 가득한 얼굴로 동자승들을 쳐다봤다. 동자승은 누구 하나 웃지 않았다. 적막이 흐르고 까악 까아악 날아가는 까마귀 울음소리만 들렸다. 동자승들은 '뭔 소리를 하는 거야?'

라는 표정으로 소소생을 보고 있었다.

"하나도 재미없어요. 차라리 이 얘기가 더 재미있겠네. 저희가 생각할수록 웃긴 덕담 하나 알려 줄까요?"

동자승들이 장난스런 표정으로 말했다.

"너희가 덕담을 한다고? 좋아, 해 보렴."

동자승들이 한 명씩 차례로 이야기를 이어서 들려주었다.

"어느 나라에 살찌는 게 고민인 왕이 살았대요. 그 왕은 어느 날 감옥에 갇힌 죄인에게 아무리 먹어도 살찌지 않는 음식을 찾아오면 살려 주겠다고 했어요. 대신 잘못 찾아오면 바로 죽이겠다고 했지요."

"그래서 첫 번째 죄인은 아주 매운 고추를 가져왔고, 두 번째 죄인은 오이를 가져왔고, 세 번째 죄인은 만두를 가져왔대요."

"그런데 왕은 한 사람만 살려 주고 나머진 다 죽여 버렸대요. 누가 살았을까요?"

소소생은 고민에 빠졌다.

"흐음, 고추? 고추는 살이 안 찔 거 아니야?"

동자승들이 웃으며 고개를 도리도리 저었다.

"그럼 오이?"

이번에도 동자승들이 고개를 저었다.

"고추도 아니고 오이도 아니면…… 정답이 만두라고? 말도 안 돼! 만두도 많이 먹으면 살이 찔 텐데? 왜?"

"만두는 이미 쪄서 나오니까요!"

동자승들이 입을 모아 합창하듯이 말했다. 소소생의 눈이 휘둥그레지자 동자승들이 깔깔 웃었다.

"봐요! 생각할수록 웃긴 덕담 맞죠?"

소소생은 머리를 맞은 것처럼 신선한 충격을 받았다. 처음에는 몰랐으나 가만 생각해 보면 피식 하고 실없이 웃음을 짓게 만드는 덕담이었다. 소소생은 문득 존경해 마지않는 박준희 선생의 덕담을 듣고 덕담꾼이 되기로 결심했던 순간을 떠올렸다.

그때에 비하면 소소생은 타성에 젖어 비슷비슷한 덕담만 되풀이하는 것 같았다. 새로운 덕담을 시도하지도 않고 늘 하던 덕담, 사람들이 웃어 주거나 반응해 주는 덕담만 하려고 했던 건 아닐까. 사실 사람들이 웃어 주는 덕담도 없었지만.

"생각할수록 웃긴 덕담이라……. 여기라면 새로운 덕담을 개발할 수 있을 것 같아. 명주에서 덕담꾼으로 다시 시작하자!"

그렇게 소소생은 명주에 터를 잡았다.

김 대사에게 청천벽력 같은 소식이 날아들었다. 조정에서 김 대사를 해임한다는 교서가 내려온 것이었다.

"이게 대체 무슨 말이냐?"

김 대사는 교서에 버젓이 적혀 있는 글을 이해할 수 없었다. 이 비장 또한 믿을 수 없었다. 그토록 오래 고대하던 김 대사의 해임이 이렇게 갑자기 벌어질 줄은 몰랐기에, 꿈인지 생시인지 믿을 수 없었다.

교서에 적힌 이유는 이러했다.

명주 지역에 원인을 알 수 없는 산불이 연달아 일어난 것이 시발점이었다. 건조한 바람이 불면 종종 있는 일이었으나 이렇게 곳곳에서 다발적으로 산불이 난 적은 없었다. 마치 누군가 일부러 불을 지르는 것처럼 명주 전역이 산불로 뒤덮였으나, 명주를 다스리는 관리 중 누구도 원인을 알아내려 하지 않았다. 산불은 끝도 없이 퍼져 나갔고 터전을 잃은 백성은 피난민이 되어 바닷가를 따라 아래로 아래로 내려왔다.

"아니 거지 떼가 사포로 내려온 게 내 탓이냐? 어째서 나를 벌한단 말이냐?"

진노한 김 대사의 두툼한 볼살이 파르르 떨렸다.

물론 피난민이 이유의 전부는 아니었다.

사포로 향하는 피난길과 해적들이 활동하는 지역이 겹쳤던 것이다. 해적들은 가진 게 없는 피난민조차 그냥 보내지 않았다. 피난민들이 입은 옷가지까지 남김없이 빼앗아 갔다. 피난민들은 그저 목숨만 붙어서 도망갈 수 있기를 빌었다.

그렇게 목숨을 걸고 도착한 곳이 바로 김 대사가 다스리는 사포였다. 김 대사는 사포에 피난민이 점점 늘어난다는 보고를 듣긴 했으나 당연히 나 몰라라 하였다. 피난민 대부분은 걸인이 되어 사포를 떠돌았고, 일부는 이렇게 죽을 바엔 차라리 빼앗는 쪽에 서겠다며 해적이 되기도 했다.

걸인 천지가 된 사포 거리가 불쾌했던 모양인지, 거리에 들끓는 분노의 불씨가 두려웠던 모양인지, 피난민을 구해야 한다는 상소를 올린 귀족도 있었다. 이에 조정에서는 구휼미를 보내 피난민을 구제하라 하였으나 김 대사는 이마저 횡령하여 자기 곳간에 채워 넣었다.

더 이상 잃을 것이 없던 피난민들은 작은 자극에도 쉽게 타올랐다. 발단은 사소했다. 피난민과 병사 사이의 작은 시비였다. 소문은 삽시간에 퍼져 나갔고, 걸인들이 모여들었다. 폭동이었다. 피난민들은 관청을 습격하고 거리에서 농성을 벌였다.

이 지경이 되자 조정에서는 이 모든 사태를 책임지게 할 자를 찾아 벌하기로 했다. 바로 김 대사였다. 수많은 관리와 귀족들이 피난민을 늘리는 데 손발을 보태었으나 굳이 김 대사가 꼬리 자르기에 낙점된 것은 박 한찬의 부지런한 고발 덕이었다. 정확히는 박 한찬의 부지런한 부하 덕이었다.

박 한찬은 그동안 김 대사가 해적 패와 손을 잡고 장인을 사포로 불러들였고, 당포와 죽도에 돌림병을 퍼트리는가 하면, 불 도깨비와 얼음 도깨비를 불러들였다고 조정에 고했다.

"그래! 다 내가 했다고 쳐! 그래도 왜 하필 나냐고! 그동안 뿌린 뇌물이 얼만데 왜 나만 모가지가 잘리는 것이냐!"

김 대사가 상에 놓인 술과 음식을 쓸어서 바닥에 내쳤다. 깨진 술병 조각이 이 비장의 발치에 떨어졌다.

"저도 어찌하여 이러한 명이 내려진 것인지……."

"다 꼴 보기 싫으니 꺼져라!"

김 대사가 소리쳤다.

이 비장은 김 대사의 집을 나와 관청으로 향했다. 이 비장은 일생일대의 소원이던 김 대사의 해임이 갑작스레 이뤄지자 멍해졌다. 얼떨떨하여 웃음도 나오지 않았다.

'잠깐. 김 대사가 해임되면…… 그 자리에 누가 앉는단 말인가? 설마, 나?'

이 비장은 눈이 번뜩 뜨였다. 암울했던 그의 인생에 드디어 한 줄기 빛이 내려오는 것 같았다.

'그래, 하늘이 나의 노력을 알아봐 준 것이야.'

이 비장이 속으로 감동의 눈물을 흘린 지 며칠 되지 않아 김 대사의 집에 관리들이 들이닥쳤다. 관리들은 곳간에 비축해 둔 쌀이며 숨겨 둔 비단과 금은보화까지 닥치는 대로 탈탈 털어 갔다. 김 대사의 신발 밑창에 낀 쌀알까지 빼 갈 기세였다.

관리들이 김 대사의 비밀 창고까지 찾아내 들어가려 하자, 김 대사가 앞을 막고 섰다.

"안 돼! 그만하게! 어찌 남의 재화를 이리 약탈해 가는가!"

"저리 비키시오! 여기 있는 재물이 전부 조정의 것을 횡령하여 모은 것이라는 상소가 올라왔소. 이 집에 있는 모든 것이 곧 조정의 것이니 환수하는 것이 옳소!"

덩치 큰 관리 하나가 김 대사를 밀쳤다. 김 대사가 바닥에 내동댕이쳐졌다. 그러자 이 비장이 김 대사를 넘어뜨린 관리에게 칼을

꺼내 겨눴다.

"대사의 옷자락 하나라도 건드리는 자는 살려 보내지 않겠다."

이 비장이 살기 가득한 눈으로 관리를 노려보았다. 이 비장의 기세에 관리가 한 발 물러섰다. 관리는 흠흠 괜히 헛기침을 하고는 부하들에게 명했다.

"빨리 재물을 챙겨라!"

'김 대사가 안쓰러워 보이다니. 김 대사에게 호되게 당하여 내가 실성한 것인가.'

이 비장은 자신의 행동에 실소를 지었다. 김 대사가 이 비장의 두 손을 꼭 잡았다.

"비장, 자네가 나를 끝까지 도왔으니 절대 잊지 않겠네. 내 자리에 이 비장 그대가 오도록 온 힘을 다해 돕겠네."

'이자가 못돼 먹긴 했어도 아예 바닥인 인간은 아니었어.'

그 이후 이 비장은 김 대사가 사포를 떠나 시골로 내려갈 때까지 정성껏 그를 모셨다.

김 대사가 떠난 다음 날, 이 비장은 관청으로 출근했다. 이 비장은 관청에서 김 대사가 앉았던 자리를 떠올렸다. 그 자리에 앉을 생각을 하니 매일 죽기보다 싫었던 출근길이 꽃길 같았다.

"이 비장, 반갑네."

관청 대문을 열자 반갑지 않은 익숙한 목소리가 들렸다. 고개를 들어 보니 김 대사가 거들먹거리며 앉던 의자에 박 한찬이 비스듬히 드러누워 이 비장을 내려다보고 있었다.

"박 한찬! 한찬께서 어찌……?"

'내 자리에 앉아 있는 것이냐! 당장 안 내려와?'

이 비장은 속으로 빽빽 소리를 질러 댔으나 겉으로는 만면에 미소를 띠고 박 한찬을 올려다보았다.

"……어찌 이 누추한 사포까지 오셨습니까?"

이 비장이 간신히 말을 마쳤다.

"어째서 오긴! 이제 내 관할이 되었으니 둘러보러 온 것 아니겠나. 오는데 귀찮아 죽는 줄 알았다. 빨리 술이나 한잔해야지."

"예……?"

"김 대사를 보내 버리고 내가 사포에 부임했다는 뜻이지. 실은 조정에서 자네를 이 자리에 앉히자는 말이 있었는데, 김 대사가 이 비장도 자기가 저지른 비리에 일조했으니 절대 안 된다고 상소를 올렸거든. 김 대사 아주 끔찍해. 남 잘되는 꼴은 절대 못 본다는 점에서 나랑 아주 똑같아."

"김 대사가……. 하하……. 김 대사가 그러셨구나……."

이 비장은 시간을 되돌릴 수만 있다면 덩치 큰 관리에게 김 대사가 밀쳐졌을 때 그냥 둘걸, 관리랑 같이 김 대사를 한 대 쥐어박아 줄걸 하고 후회막심했다.

"이 비장, 자네에게 첫 임무를 주겠네. 당장 짐을 싸서 나가게!"

"그, 그게 무슨 말씀이신지……."

"당연하지 않나. 김 대사와 비리를 저지른 부패 관리를 내 밑에 둘 수 없다는 소리일세. 자네는 이제 여기서 멀리 떨어진 아주 살기가 팍팍한 곳으로 좌천될 것이네. 그러니 당장 썩 꺼지게!"

박 한찬은 그리 말하고는 수족처럼 부리는 부하와 함께 마차를 타고 술집으로 향했다.

그렇게 이 비장이 부임하게 된 곳은 명주였다. 험지로 유명하여 척을 진 사이끼리도 연민이 발동하여 위문편지를 보내 주는 곳. 이 비장에게 딸린 식솔이 없었다면 차라리 혀를 깨물고 죽음을 택했을지도 몰랐다. 그만큼 고생길이 훤한 지역이었다. 명주로 발령받은 관리들 중 8할은 적응하지 못해 그만두었다. 그런데, 그만둔 이들이 극구 함구하는 통에 왜 그만두었는지 정확한 이유는 아무도 알지 못했다.

"별수 있나. 서라벌에서 아이들 공부시키려면 버티는 수밖에. 김 대사도 버틴 내가 명주라고 못 버틸까."

이 비장은 부임하자마자 명주성으로 향했다. 명주의 왕이라 불리는 주군왕이 기거해 명주성이라 불리는 곳이었다.

'주군왕에게 잘 보여야 앞으로가 평탄할 것이다.'

김 대사의 집보다 커다란 명주성 앞에 선 이 비장은 문이 열리자 고개를 깊이 숙였다.

"명주의 왕이신 주군왕께 인사 올립니다."

그리고 고개를 들자마자 이 비장은 깨달았다. 동료 관리들이 그만둔 이유는 명주가 험지여서도, 텃세 때문도 아니라는 것을.

이 비장은 눈앞에 펼쳐진 지옥도를 보고 입을 다물지 못했다.

가장 먼저 눈에 들어온 것은 마당의 둥그런 씨름판이었다. 그 위에 두 사내가 뒤엉켜 있었다. 사내들 주위로는 검게 썩어 문드러진 시체들이 짐승처럼 으르렁거렸다. 뒤에서 제지하는 복면의 병사들이 아니었다면 당장이라도 달려들 기세였다. 조금이라도 씨름판에서 밀려났다간 바로 살점을 뜯어 먹힐 것 같았다. 죽기 살기로 상대를 넘어뜨리려고 엎치락뒤치락하는 사내들의 모습이 어쩐지 서로를 의지하며 붙들고 있는 것처럼 보이기도 했다.

"자네가 이 비장인가?"

주군왕의 목소리에 이 비장은 정신을 차렸다.

"예. 그렇습니다."

"한잔 드시오. 왕족이 주는 술은 처음이지? 나는 다른 왕족들처럼 겸상 안 하고 그러진 않거든."

이 비장은 술잔을 받으며 주군왕을 올려다보았다. 주군왕은 꽤 미남이었다. 쌍꺼풀이 진 큰 눈에 숯덩이 같은 눈썹, 커다란 코가 강직한 인상을 풍겼다.

"감사합니다. 한데 저것들은 지하지인地下之人*이 아닙니까?"

"자네는 아는구면. 얼마 전에 왜놈들이 저것들을 잔뜩 싣고 와서 우리를 공격하지 뭔가. 그때 우리 군이 대승을 거두고 전리품으로 얻었다네. 재미있지 않나? 저놈들은 살아 있을 때 어느 나라 백성

---

*지하지인: 되살아나 움직이는 시체로, 땅속에서 올라온 사람이라는 뜻이다.

이었을까? 왜놈? 혹시 우리 신라 사람이려나? 하하하!"

주군왕이 웃어 젖혔다. 이 비장은 소름이 끼쳐서 고개를 숙였다. 주군왕의 얼굴을 계속 보다간 표정이 구겨질 것 같았다. 첫 만남부터 주군왕에게 안 좋은 인상을 심어 주고 싶지 않았다.

이곳에 오기 전 알아보았던 것들이 떠올랐다.

'주군왕. 서라벌에서 유력한 왕위 계승자였으나 지금의 임금에게 밀려나 도망치듯 명주로 올라왔다. 임금은 명주 지역을 떼 주고 왕권 다툼을 마무리하려 했지만, 주군왕은 오히려 여기서 사병을 키우며 여전히 왕위 찬탈을 꿈꾸고 있다. 하지만 서라벌의 감시가 삼엄하여 역모를 일으키기엔 역부족. 호시탐탐 왕위를 노리는 자이니 혹여 엄한 일에 엮이지 않게 조심해야 한다.'

이 비장이 술잔을 단번에 비웠다. 주군왕은 이 비장의 기세가 마음에 들었는지 다시 술을 따라 주었다. 이 비장이 조심스레 물었다.

"저 사내들은 누구입니까? 저자들도 포로로 잡힌 왜놈입니까?"

"저것들은 조세를 밀려 끌려왔네. 씨름에서 이기면 조세를 탕감해 주겠다고 했지. 사람은 뭐든지 동기 부여가 중요하다네. 보게, 빚을 없애 준다고 하니 서로 이기려고 저리 혈안이지 않은가. 여기서 이긴 자는 빚을 탕감받고 새로운 삶을 살 수 있지. 하하하."

이 비장이 보기에 씨름을 하는 사내들은 빚 때문에 사투를 벌이는 게 아니었다. 살기 위해 같은 처지의 백성을 밀어낼 수밖에 없는 가여운 자들이었다. 하지만 이런 소리를 입 밖으로 냈다간 목이 달아나기 딱 좋았다. 주군왕의 눈빛만 봐도 알 수 있었다.

'이자를 거스르면 죽는다.'

"이 비장, 김 대사 같은 소인배 밑에서 고생했네. 내 자네의 충심을 지켜보겠네. 오늘은 첫날이니 술이나 마시고 쉬게. 나 같은 왕족은 처음 봤지? 서라벌에 임금이라고 있는 놈하곤 다르지. 안 그런가? 하하하!"

주군왕이 이 비장의 어깨를 꾹 눌렀다. 어찌나 세게 누르는지 어깨뼈가 부러질 듯했다. 이 비장은 그저 고개를 조아리며 충성을 맹세하는 수밖에 없었다.

"목숨 바쳐 모시겠습니다, 전하."

3

철불가는 소소생과 나눈 재물을 하루도 못 가 술값으로 탕진해 버렸다. 술집에서 늘어지게 자고 있던 철불가는 빈털터리가 되자 술집 주인에게 붙들려 시장 바닥으로 쫓겨났다. 그 와중에도 빠르게 손을 놀려 안주로 나왔던 만두를 품속에 챙겨 넣었다.

"세상에 온갖 괴물이 난무하는데 어째서 마르지 않는 술이나 금 같은 건 없는 거냐고! 매번 술값을 벌려고 노동을 해야 하니, 노동자의 삶이란 이리 고되구나!"

시장 바닥에 내동댕이쳐진 철불가가 바지에 묻은 흙을 털며 일어섰다.

"철불가가 노동이란 걸 한 적이 있어요?"

또다시 소소생의 목소리가 들렸다. 심지어 이번엔 소소생의 환영까지 보였다.

"너, 너, 너! 어째서 술이 다 깼는데도 보이는 게야?"

"이제 그만 솔직해져요. 철불가는 절 그리워하고 있다니까요?"

소소생의 환영이 계속해서 떠들었다.

"절대 그럴 리 없어! 저놈의 허깨비에게 대꾸를 하지 말아야지. 그러다 보면 사라지겠지."

소소생의 환영이 비장하게 결심하는 철불가를 비웃었다. 철불가는 소소생의 환영이 웃건 말건 사포 시장을 둘러보았다. 아무리 찾아도 새 밑천으로 삼을 만한 맹하고 돈 많고 탐욕스러운 귀족은 보이지 않았다. 어째서인지 귀족보다 걸인만 눈에 밟혔다. 게다가 대부분이 옷과 얼굴에 그을음이 있는 것이 피난민 같았다.

"어허, 언제부터 사포가 피난민 천지가 된 거야? 일단 업종을 변경해야겠군."

철불가가 품에서 손바닥만 한 종이 한 묶음을 꺼냈다. 종이마다 철불가가 붓으로 대충 휘갈긴 그림이 그려져 있었다. 철불가는 자리를 깔고 앉아서 종이를 뒤집어 부채꼴로 좌라락 펼쳐 놓았다.

"점 봐 드립니다. 재물을 벌고 싶은 자, 연인을 만나고 싶은 자, 이번 생은 글렀다 생각하는 자! 어떤 근심이든 풀어 드릴 점을 봐 드리겠소."

"천하의 철불가가 이런 조잡한 사기로 재물을 번다고요?"

소소생의 환영이 깐족거렸으나 철불가는 굴하지 않고 시장 행인들을 향해 외쳤다.

"점 하나 보는 데 만두 단 한 개! 만약 점이 틀리면 만두 두 개를 드리리다."

철불가의 말에 비쩍 마른 사내가 멈춰 섰다. 사내도 옷과 얼굴에 그을음이 묻은 것이 피난민 같았다.

"저기, 진짜요? 점이 틀리면 만두를 준다는 것 말이오."

"당연하다마다! 점 보시겠소? 이 종이에 나온 그림으로 그대의 미래를 엿보는 거라오."

철불가가 바닥에 펼쳐진 종이 한 장을 뒤집어 보였다.

"그림으로 점을 친다고?"

사내가 못 미더운 얼굴로 되물었다.

"이 종이를 '타'악! 하고 뒤집으면 스스'로' 미래를 볼 수 있는 그림이 나온다 하여 타로점이라고 한다네. 못 믿겠으면 한번 골라 보시오. 처음 점은 공짜로 쳐 드리지!"

사내는 공짜라는 말에 혹하여 철불가 앞에 쪼그리고 앉았다.

"무엇을 알고 싶은지 말해 보시오."

"재물을 얻고 싶소."

"그렇다면 과거, 현재, 미래를 생각하면서 종이를 한 장씩 뽑으시오."

사내가 종이 세 장을 신중히 골랐다. 사내가 첫 번째로 고른 종이를 철불가가 뒤집었다. 술을 마시고 마구 휘갈겨 그린 것이라 당최 알아보기가 힘들었다. 그런데 사내는 그림을 보더니 입술을 파르르 떨면서 철불가를 바라보았다.

"이럴 수가! 내가 불을 피해서 여기까지 온 것을 어찌 알고!"

"응?"

사내가 불이라며 가리킨 종이의 그림은 실은 구름이었다.

"그렇지! 그대의 과거에 불이 있었구먼!"

"거짓말! 구름을 그린 거잖아요!"

소소생의 환영이 지적하든 말든 철불가는 뻔뻔하게 지어냈다.

"아니 아니. 이 그림은 구름 같은 가벼운 것이 아니라 아주아주 뜨거운 불이라오."

사내가 말했다.

"내 고향은 높다란 산이 병풍처럼 펼쳐져 있어 다른 동네와는 교류가 적었다오. 땅이 척박하여 농사를 짓는 것이 힘들었지만 그래도 우리끼리 평화롭게 잘 지냈지. 하지만 언제부턴가 불이, 산불이 끊임없이 나기 시작했소. 신기하게도 불이 나는 곳마다 부잣집이 있었는데 병사들은 부자들의 피해만 돌보고 우리 같은 사람은 신경도 쓰지 않았소. 산불에 우리가 애써 일군 밭과 집까지 타 버리자 어쩔 수 없이 식솔을 데리고 이곳 사포까지 오게 된 거요."

"저런. 안타깝게 됐소이다. 자, 이번엔 현재를 알려 주는 종이의 그림을 볼까?"

철불가가 사내가 두 번째로 고른 종이를 뒤집었다. 종이 앞면에 철불가가 칼을 그린 그림이 나왔다.

"이럴 수가! 당신은 대체! 이 기다란 것은 잘 자란 곡식 아니오? 집에서 아내와 아이들이 배를 곯은 지 며칠째인 것을 어찌 알고."

"내가 용하다고 했지? 그럼 마지막 점을 보겠소."

철불가가 말하며 사내가 뽑은 마지막 종이를 뒤집었다. 마지막 종이는 아무것도 그려져 있지 않았다. 철불가가 실수로 그림 그리는 것을 빼먹은 것이다. 그런 줄도 모르고 사내가 통곡했다.

"정말이지 어떻게 이런 것도 맞춘단 말이오! 사실 내 오늘도 먹을 것을 구하지 못하면 그냥 바다에 뛰어들어 죽으려고 했소. 이렇게 내 미래가 백지로 나오다니! 내가 죽어 버린 미래를 보여 준 것 아니겠소. 이렇게 된 거 어서 죽어 버려야……!"

사내가 갑자기 일어나 바다로 달려가려 했다. 놀란 철불가가 사내를 붙잡았다.

"이보시오! 내 앞에서 죽어 버리면 꼭 내가 죽으라고 사주한 것 같잖소! 죽을 거면 다른 데 가서 죽으시오."

"놓으시오. 내 식솔도 먹여 살리지 못하니 나 같은 놈에겐 아무런 희망도 없소."

사내가 울부짖었다. 그러자 옆에서 소소생의 환영이 눈물을 주룩주룩 흘렸다.

"철불가, 이 아저씨가 가여워요. 아까 술집에서 빼 온 만두라도 얼른 주세요."

"뭐? 이건 내 만두야! 내가 어째서……?"

철불가가 버럭 소리를 지르다가 사내를 보았다. 사내는 당장 죽을 기세로 계속 바다에 뛰어들겠다며 울부짖었다. 한숨을 내쉰 철불가는 술집에서 챙겨 온 만두를 사내에게 내밀었다.

"가져가시오. 내 타로점에서 아무 그림이 없다는 것은 뭐든 그대가 하는 대로 미래를 그릴 수 있다는 뜻이오. 내 점괘가 틀리면 만두를 두 개 주겠다고 했지만 자네한텐 만두를 전부 주겠소. 가족들이랑 나눠 먹고 다신 죽을 생각 마시오. 살아만 있다면 어떻게 살아갈 구실이 또 생길 것이니 일단 살고 보시오."

"아이고. 고맙습니다! 고맙습니다!"

철불가의 말에 사내는 넙죽 절을 하고는 만두를 받아서 시장을 떠났다.

철불가는 점을 봤던 종이를 정리하며 투덜거렸다.

"귀족이나 걸릴 것이지! 하필 산불 때문에 도망쳐 온 피난민이 걸리다니! 소소생, 네가 망치는 바람에 그런 거 아니냐!"

"내가 뭘 망쳤다고 그래요? 죽을지도 모르는 사람을 살린 건데! 게다가 그 아저씨가 말했잖아요. 산불 나는 곳마다 우연찮게도 부잣집이 있어서 병사들 중 누구도 백성을 돌보지 않았다고. 그런 자들을 돕는 게 얼마나 좋은……."

"옳거니! 이 허깨비 녀석아, 이번엔 말 잘했다. 분명 명주에 산불이 나는 곳마다 부잣집이 있었다고 했지! 그렇다면 후훗, 그곳에 내 새로운 금맥이 있다는 소리! 명주로 가야겠다!"

"다들 떠나오는 명주를 왜 찾아간다는 거예요?"

"아무도 가지 않는 길에서 새로운 기회를 찾는 이 놀라운 발상! 이게 나 철불가를 역사상 가장 위대한 해적으로 만들지니! 하하핫! 나는 어쩜 이리 완벽할까! 얼굴도 완벽하고 발상은 또 기가 막히니 말이야. 명주에 가면 지겨운 환영도 더 이상 보이지 않겠지! 사포라서 소소생의 환영이 따라다니는 것일지도 몰라. 소소생과 다닌 거리, 가게, 함께 갇힌 감옥까지, 추억이 너무 많았으니까."

철불가는 그렇게 명주를 향해 북쪽으로 길을 떠났다.

소소생은 절의 남는 방 하나를 얻어 그곳에서 이름 없는 선생님으로 지냈다. 동자승 한 명이 이름을 물었을 때 소소생이 부끄러워 아주 작은 소리로 '소소생'이라고 말했는데 그것이 잘못 전달되어 '선생님'으로 불리게 된 것이었다.

소소생은 동자승들과 매일 '생각할수록 웃긴 덕담'을 만들었다.

"내가 선생님이 아니라 이 아이들이 나의 선생님 같아. 이렇게 덕담을 만드는 데에 집중한 게 얼마 만인지 모르겠어. 아이들에게 뭐라도 도움이 되면 좋겠는데 뭐 없을까."

한참 고민하던 차에 소소생은 절에서 산불 피난민을 위한 공양미를 받는다는 소식을 들었다. 소소생은 백적계 부하들이 바친 재물을 절에서 가장 연로한 스님에게 가져갔다. 소소생이 내민 봇짐에 형형색색 찬란하게 빛나는 보물이 그득히 담겨 있었다. 철불가와 반으로 나누고 남은 것인데도 양이 상당했다.

"이렇게 진귀한 보물을 우리 절에 공양하신다는 겁니까?"

노스님은 눈이 휘둥그레져서 물었다.

"산불 때문에 터전을 잃은 마을 사람들을 도우려고 공양미를 받으신다고 들었습니다. 이곳의 동자승도 산불로 가족과 집을 잃고 들어온 것이라고요. 저에겐 이런 재물이 필요 없습니다. 부디 좋은 곳에 써 주세요."

소소생은 백적계 부하들이 소중히 모아서 바친 재물을 공양하는 것이 가장 값지게 쓰는 방법이라고 생각했다.

"고맙습니다."

노스님이 합장했다.

그러나 소소생의 바람과 달리 소중한 재물은 귀하게 쓰이지 못했다.

며칠 후 소소생이 머무는 절에 병사들이 들이닥쳤기 때문이다. 소소생이 방이나 뜨끈히 지필 요량으로 숲에서 마른 나뭇가지를 줍고 있을 때 동자승들이 허겁지겁 달려왔다.

"선생님! 큰일 났어요!"

소소생이 놀라 절로 돌아갔을 때는 이미 절의 문간이 모조리 박살 난 상태였다. 병사들은 아랑곳 않고 절의 곳간을 뒤져서 공양미를 빼내고 있었다.

"무, 무슨 짓입니까? 이것은 백성들이 십시일반 모은 공양미입니다!"

소소생이 공양미를 수레로 옮기는 병사들 앞을 가로막았다.

"비켜라. 명주의 왕께서 명하신 일이다. 명주에 있는 모든 것이 왕의 것이니 공양미 또한 왕께 바치는 것이 당연하다."

"예? 서라벌에 왕이 계시는데 명주에 왕이 또 있다고요? 설령 있다면 어째서 그분은 산불로 피해 입은 자는 돌보지 않으시고 외려 그들을 도우려고 모은 것을 빼앗으신답니까?"

"명주의 왕도 모르는 놈이 잘난 척하기는! 꺼져라!"

병사들은 소소생을 밀치고 공양미를 수레에 전부 실었다. 스님이 머무는 방도 샅샅이 뒤지더니 소소생이 건넨 재물까지 강탈했다.

소소생이 나서려 하자 노스님이 손을 들어 말렸다.

"재물보다 선생님의 목숨이 귀합니다."

소소생은 노스님 뒤의 겁에 질린 동자승들을 보았다. 어쭙잖은 정의감에 동자승들까지 위험하게 만들 순 없었다.

"명주의 왕이 대체 누굽니까?"

소소생이 스님에게 물었다.

"주군왕이요. 이곳 명주는 백두 대간 때문에 다른 지역과 교류가 적습니다. 조정의 관여도 적어 지방 귀족의 힘이 셀 수밖에 없습니다. 그래서 주군왕이 서라벌과 동떨어진 명주만의 통치 체계를 갖출 수 있었죠."

명주는 발해의 공격을 막고 왜군을 물리쳐야 하는 험지인 데다 화랑과 원화들이 수련하러 찾는 장소였다. 잊을 만하면 발발하는 전쟁 속에서 주군왕의 주도로 고유의 군사 체계를 다지며 훈련된 명주의 병사들은 서라벌 정예군과 비교해도 손색없을 정도였다. 신라의 북방 수비를 담당하며 끊임없이 외적의 침입을 경계하고 있어야 할 그들이 지금 소소생의 눈앞에서 외딴 사찰을 약탈하고 있는 것이다.

"그렇게 대단한 왕이 어째서 백성의 공양미까지 빼앗아 간단 말이에요?"

"그건 알 수 없지요. 그러나 돕고자 하는 마음까지 앗아간 것은 아니니 다행 아닙니까."

노스님이 해탈한 듯이 웃었다. 그때 밖에서 백성들의 외침이 들려왔다.

"불이야! 불! 불이 났소!"

외침과 함께 절 입구에 거대한 불길이 타올랐다. 가까이 있는 민가에 불이 난 것이었다. 초가집의 지푸라기에 한번 불이 붙자 순식간에 집이 완전히 삼켜졌다. 어느샌가 소소생이 있는 곳까지 열기가 훅 불어닥쳤다.

"도망치세요! 나가야 합니다! 얘들아, 이쪽으로!"

소소생이 스님들과 동자승들을 데리고 간신히 절을 나오자마자 불길에 휩싸인 법당 서까래가 완전히 무너져 내렸다.

동자승 한 명이 소소생의 옷자락을 잡아끌며 어딘가를 가리켰다.

"선생님, 저기 구름이 다가와요."

소소생은 동자승이 가리킨 곳을 보았다. 건너편 산꼭대기에 하얀 뭉게구름이 모자처럼 내려앉아 있었다. 구름은 마치 살아 있는 생물처럼 꾸물꾸물 몸집을 키우고 있었다.

"……저게 뭐지?"

소소생이 눈살을 찌푸리며 더 자세히 보려고 할 때, 병사 하나가 동자승을 밀치며 지나갔다.

"자, 잠깐만요! 어디 가시는 거예요! 불 끄는 거라도 도와주세요!"

소소생이 병사를 붙잡고 말했으나 병사가 매몰차게 소리쳤다.

"시끄럽다! 나무와 땅이 말라붙어 한번 불이 붙으면 며칠은 갈 것이다. 지금은 도망치는 게 상책이야. 네놈도 살고 싶거든 어서 달아나라."

소소생 옆에 있던 동자승은 산꼭대기에 걸린 구름을 보았다. 건너편 산꼭대기에 있던 구름이 그새 이쪽을 향해 빠르게 다가오고 있었다. 게다가 아까보다 몸집이 훨씬 불어나 있었다.

"어? 어?"

동자승이 말을 잇기도 전에 거대한 구름 덩어리가 그들을 덮쳤다.

4

한을 품은 불귀신이 마을을 덮치리니
몸을 보존하려거든 도망쳐라.
화염에 휩싸여 산 채로 잿더미가 되리라.

명주 어느 부잣집에 별안간 편지가 묶인 화살이 날아들었다.

"아니, 이게 대체 무엇이란 말인가!"

편지를 받은 자가 주변을 두리번거렸다. 어디에도 화살을 쏘아 보낸 이는 보이지 않았다. 부자는 당장 편지를 구겨서 던져 버렸다.

"이른 아침부터 누가 이따위 장난질을!"

"귀신의 장난이지요."

대문에서 낯선 자의 목소리가 들렸다. 그자는 패랭이를 깊숙이 눌러쓰고 목탁을 두드렸다.

"누구요?"

"그저 지나가는 수도승입니다."

수도승으로 변장한 철불가가 짐짓 근엄한 어조로 말했다. 목탁을 두드리는 손에 힘을 실어 분위기를 고조시켰다.

"이 집에서 사악한 기운이 느껴져 발을 멈출 수밖에 없었습니다. 지금 불귀신이 명주 바닥을 헤집으며 장난을 치고 있습니다. 필시 그 편지도 불귀신의 장난질일 게요."

집주인이 고개를 갸우뚱 기울였다.

"불귀신이 글을 쓴다고?"

예상 밖의 반응에 철불가가 목탁을 두드리던 손이 삐끗 엇나갔다. 철불가는 흠흠 헛기침을 하며 다시 평정심을 찾고 말했다.

"이 불귀신은 생전에 글공부만 하다가 악에 받쳐서 스스로 몸을 태워 죽었지요."

"한데 이상하오. 불귀신이 편지를 쓰면 종이에 불이 붙을 텐데?"

예리한 지적에 철불가가 목탁을 더욱 세게 쳤다.

"그러니 사악하다는 겁니다! 사악하고 요망하여 멀쩡한 종이에 구구절절 편지를 이리 써서 보내었으니 속히 이놈을 쫓지 않으면 불귀신이 곧 이 집까지 들이닥칠 게요."

"아직 안 왔으니 괜찮지 않겠소?"

집주인이 턱수염을 쓰다듬으며 말했다.

'보통 놈이 아니구나. 그래, 이 정도는 깐깐해야 못된 짓으로 재물을 쌓을 수 있지.'

철불가는 부자가 순순히 넘어오지 않자 애가 탔다. 마른 입술에 침을 바르며 뭐라고 꼬드겨야 할까 궁리할 때 저만치에서 치솟는 검은 연기가 보였다. "불이야! 불이야!" 사람들이 급박하게 외치는 소리도 들렸다.

"왜 이렇게 소란스러운 게냐?"

부자가 머슴에게 소리쳤다. 머슴이 부리나케 달려와 마을 어귀에 있는 장사치 집에 불이 났다고 고했다. 장사치의 집도 이곳만큼이나 으리으리한 대궐집이었으니, 그제야 부자가 기겁을 했다.

"이럴 수가! 정말로 우리 마을에 불귀신이 오다니! 선생이 말한 불귀신의 저주가 참말이었소!"

철불가가 패랭이 끝을 잡아당겨 얼굴을 가렸다. 자꾸 웃음이 비어져 나오는 것을 숨기기 위해서였다. 애초에 편지를 묶은 화살을 날린 것이 철불가였으니, 영험한 수도승인 척 때마침 나타난 것도 모두 악독하기로 소문난 부잣집에 사기를 치기 위한 철불가의 계획이었다. 그런데 때마침 불이 나 주다니 천운이었다.

'산불이 부잣집 인근에만 난다더니 정말이었어. 횡재로다! 하늘이 나의 협잡질을 돕고 있군! 후훗.'

부자가 철불가에게 물었다.

"어찌하면 불귀신을 쫓을 수 있겠소?"

철불가가 말없이 목탁만 두드리다가 멈칫했다.

"이 집을 보호하는 기운이 느껴집니다. 어마어마한 보물이 집에 숨겨져 있군요! 그것을 공양하면 불귀신을 쫓을 수 있겠습니다."

"기다려 보시오!"

부자가 안방으로 들어가 잠시 후에 나왔다. 뒤따라 나오는 하인의 두 손에 한눈에 보아도 진귀해 보이는 갑옷과 투구, 그리고 기다란 칼이 들려 있었다.

"이것은 김유신 장군이 직접 사용했다는 갑옷과 투구, 보검이라오. 내 이때를 위해 그의 유품을 사들였는지도 모르겠군. 정말 이거면 되겠소?"

철불가가 김유신 장군의 유품을 받아 들었다.

"역시! 여기에서 이 집을 보호하는 기운이 느껴집니다. 이 갑옷을 공양하시면 장군의 힘을 빌어 불귀신을 분명히 물리칠 수 있을 겁니다."

"가져가시오. 이런 헌 갑옷보다 집에 있는 재물을 지키는 것이 더 중하니."

"그럼 저는 이만 불귀신을 잡으러 가 보겠습니다."

철불가는 입꼬리가 올라가려는 것을 꾹 참고 장군의 유품을 챙겨 부잣집을 나왔다.

철불가의 추측대로 다행히 명주에 오자마자 소소생의 환영은 보이지 않았다. 사포에 소소생과의 추억이 너무 많아서 잠시 보인 환영일지도 몰랐다. 귀찮게 하는 환영도 사라졌겠다, 김유신 장군의 보물도 얻었겠다, 철불가는 날아갈 듯이 기분이 좋았다.

"하하하. 오늘 일진이 좋은 것이 제대로 한탕 할 수 있겠군."

철불가는 입고 있던 승복과 패랭이를 집어 던지고 김유신 장군의 갑옷을 걸쳤다. 그의 투구를 쓰고 보검까지 차니 정말로 김유신 장군에 빙의된 것처럼 용기가 끓어넘쳤다.

"어디 불귀신 잡으러 가 보실까?"

철불가는 불이 났다는 장사치의 집으로 향했다. 장사치의 집은 마을 어귀 산과 인접한 곳에 있었다. 불길이 번져 온 경로를 눈으로 따라가 보니 산불이 옮겨붙으며 내려온 것 같았다. 장사치의 집 안은 이미 누군가 탈탈 털어 갔는지, 옷장이며 서랍장이며 전부 뒤집어져서 열려 있었다.

"역시. 귀중품은 하나도 없군. 누군가 불이 날 줄 알고 미리 쓸어 간 것처럼 말이야."

철불가가 불길이 시작된 산을 올려다보며 웃었다.

"자, 진짜 금맥 캐기 시작이다!"

철불가는 힘차게 산으로 올라갔다.

구름이 소소생과 동자승들을 덮치자 삽시간에 사방이 하얗게 변했다. 잡아먹듯이 다가온 구름에 소소생이 팔을 들어 올리며 비명을 질렀다.

"으악! 으……악?"

기세 좋게 비명을 질렀으나 아무 느낌도 없자, 소소생이 조심스레 눈을 떴다. 짙은 안개 속에 들어와 있는 듯 손을 뻗으면 닿을 거리조차 보이지 않았다.

"이렇게 짙은 안개라니! 앞이 하나도 안 보여!"

소소생은 무엇이라도 잡으려고 손을 뻗어 허우적거렸다.

"선생님, 무서워요! 도와주세요!"

어디선가 동자승들의 목소리가 들렸다.

"애들아! 어디 있니?"

소소생이 외쳤다.

"여기요! 앞이 안 보여요!"

소소생이 목소리가 들리는 쪽으로 몸을 돌렸다. 소소생이 발걸음을 떼자 사방에서 병사들의 비명이 들렸다.

"귀, 귀신이다!"

"지네가, 커다란 지네가 나타났어!"

"도망쳐! 살인귀야!"

비명 소리가 전부 제각각인 데다 앞이 보이지 않아 무슨 일이 일어나고 있는지 알 수가 없었다.

콰직. 무언가 잘못 밟은 것인지 소소생이 미끄러져 넘어지며, 목이 달아난 병사의 시체 위로 푹 엎어졌다. 소소생의 발아래 부러진 팔이 나동그라져 있었다.

"으아악!"

소소생이 앉은 채로 뒤로 물러서자 이번엔 끈적한 무언가가 손에 닿았다. 피였다. 뒤에는 병사의 머리가 뒹굴고 있었다. 도와 달라던 소소생을 뿌리치고 가 버린 병사였다. 보이는 건 하나도 없는데 온 사방에 병사들의 비명 소리만 가득했다.

'대체 무슨 일이 일어나고 있는 거야? 이 안개는 뭐냐고!'

소소생은 겁에 질렸지만 동자승들 걱정이 앞섰다. 소소생이 소리쳤다.

"얘들아, 위험해! 움직이지 말고 그대로 있어. 내가 갈게!"

소소생이 일어나 다시 걸어갔다. 킁킁 코를 벌름거려 냄새를 맡았다. 불어오는 바람에 코를 찌르는 유황 냄새가 실려 왔다.

'이 냄새는 뭐지? 매캐하지 않은 걸 보면 불 때문에 나는 것 같지

는 않아.'

소소생은 앞으로 손을 뻗었다. 병사의 옷자락이 잡혔다.

"병사님! 도와주세요!"

병사가 소소생을 보고 하얗게 질린 얼굴로 비명을 질렀다.

"저, 저리 가! 호랑이다! 아니, 곰인가? 저리 가! 뭐가 됐든 저리 가라고!"

"예?"

소소생이 돌아봤지만 곰이나 호랑이는 어디에도 없었다.

"괴물이다!"

병사는 소소생을 보고 뒷걸음치다가 뒤를 돌아 달렸다. 병사가 달아난 곳은 불타는 절 한가운데였다.

"거기는 불이……!"

소소생이 병사를 말리려 했으나 병사는 소소생을 피해 불구덩이로 뛰어들었다. 곧 불구덩이에서 소름 끼치는 단말마의 비명이 들렸다.

"으아앙! 선생님! 어디 계세요!"

동자승들의 외침이 다시 들렸다.

"기다려! 내가 갈게!"

그때였다. 소소생 앞에 장인의 발이 보였다.

"장인? 장인이 어째서 이곳에……?"

소소생이 말을 끝내기도 전에 장인이 커다란 발로 소소생을 짓밟으려 했다. 소소생이 간신히 몸을 굴려 피하자 장인이 진흙처럼 녹아내리더니 흑갑신병 떼로 변했다. 부우웅 위협적인 소리를 내며 흑갑신병 떼가 소소생에게 날아들기 시작했다.

"흑갑신병!"

소소생이 바닥에서 짚이는 대로 나뭇가지를 주워서 마구 휘둘렀다. 소소생이 휘두른 나뭇가지에 흑갑신병 떼가 산산이 흩어지며 사라졌다. 흩어진 흑갑신병 떼가 모여서 이번엔 얼음 도깨비로 변했다.

"얼음 도깨비까지! 대체 이게 어떻게 된 일이야? 얼음 도깨비는 분명 사라졌는데."

얼음 도깨비가 무시무시한 악귀처럼 변해서 소소생에게 달려들었다.

"저리 가!"

소소생이 뒷걸음쳤으나 얼음 도깨비가 소소생의 코와 입을 틀어막았다. 소소생의 얼굴에 물을 적신 천이 덮였다.

"흐읍!"

물을 적신 천으로 코와 입이 막히자 소소생을 때려눕힌 얼음 도깨비의 형상이 안개처럼 흩어졌다. 얼음 도깨비가 있던 자리에는 놀랍게도 고래눈이 서 있었다.

"고래눈!"

고래눈도 입에 물을 적신 두건을 두르고 있었다.

"정신 차리거라! 이건 독 안개다. 마시면 환각이 보이고, 실성해서 결국 죽음에 이른다."

고래눈이 말했다.

"그렇다면 방금 본 것이 환각이라고요……?"

"그래. 우선 여기를 벗어나야 한다. 젖은 천은 임시방편일 뿐이니 언제 중독되어도 이상하지 않아. 그 전에 빨리 이곳을 떠야 한다. 범이를 따라가거라."

고래눈 옆에 범이도 있었다.

다행히 동자승들과 스님들, 마을 사람들은 고래눈의 도움으로 독 안개를 무사히 빠져나가, 산 중턱에 옹기종기 모여 있었다. 소소 생이 환각과 싸우는 사이 고래눈과 범이가 그들을 먼저 구해서 데리고 나간 것이었다.

"고래눈도 가셔야죠."

"불을 꺼야 한다. 이대로 두면 산불이 더욱 커져서 이 일대가 쑥 대밭이 될 것이다. 마침 내게는 이 우룡정이 있으니 걱정 말거라."

고래눈이 자기 등을 가리켰다. 항아리 같은 것을 메고 있었는데 그 크기가 마치 장정을 업은 듯 보였다. 우물처럼 벽돌을 동그랗게 쌓은 모양에 입구에는 작은 지붕과 도르래, 길고 두꺼운 밧줄 같은 것이 달려 있었다.

"이 안에는 물을 만드는 괴물 소가 산단다. 이 항아리 자체가 작은 우물이라고 할 수 있지. 여기 이 괴물 구렁이 대망의 허물은 단단하고 탄성이 있어서, 이것으로 물을 뿌리면 불을 쉽게 잡을 수 있을 거다."

고래눈의 말이 맞다는 듯이 우물 안에서 소 울음소리가 들렸다.

소소생은 고래눈을 돕고 싶었으나 마음을 고쳐먹었다. 자신이 나서면 도움이 되기는커녕 방해가 될 것 같았다. 방금 전처럼 환각에 빠져 고래눈을 공격할지도 몰랐다.

"알겠습니다. 조심하십시오."

소소생이 고래눈을 지나쳐 범이에게 가려고 할 때, 고래눈이 소소생의 손목을 잡았다. 고래눈의 부드러운 손길에 소소생의 심장이 두근두근 뛰었다.

"안개가 걷히면 시장에서 만두라도 먹자꾸나."

소소생의 얼굴이 빨갛게 달아올랐다.

"네……!"

"소소생, 빨리 나와! 독 안개가 짙어지기 전에!"

눈치 없이 멀리서 범이가 크게 소리쳤다. 어쩌면 눈치가 있어서 그러는지도 몰랐다. 매번 소소생과 고래눈이 묘한 기류를 풍길 때마다 어떻게 아는지 범이가 끼어들었으니 말이다.

"기다리겠습니다!"

소소생은 고래눈에게 하고 싶은 말이 수만 가지였지만, 너무 기쁘고 다급한 나머지 한 마디밖에 하지 못했다.

고래눈의 입가에 두른 천 너머로 은은하게 미소가 번졌다. 뒤이어 고래눈이 짙은 안개 사이 붉은 불길이 어른어른 보이는 곳으로 달려갔다. 커다란 불길을 향하는 고래눈이 금세 사라져 더 이상 보이지 않았다.

소소생은 범이를 따라 동자승들이 있는 산으로 올라갔다. 얕은 산 중턱에서 불타는 절과 마을이 내려다보였다.

"어? 구름이 또 움직여요!"

동자승 한 명이 소리쳤다.

아이가 가리킨 곳을 보자, 하얀 구름이 뭉게뭉게 영역을 더욱 넓히며 빠르게 이동했다.

"구름이 어떻게 저렇게 움직일 수 있는 거지?"

범이가 놀라서 혼잣말을 했다.

소소생이 눈을 가늘게 떴다. 아주 잠깐 바람이 불어 하얀 구름이 흩어진 찰나, 소소생은 똑똑히 보았다. 하얀 구름, 아니 독 안개에 뒤덮인 황금 덩어리를.

불꽃을 반사시키며 번쩍번쩍 빛나는 황금 덩어리에 달린 부리부리한 눈, 거대한 코와 뾰족한 엄니가 보였다. 두툼한 네 다리와 꼬부라진 황금빛 털도 있었다. 환각을 일으키는 독 안개의 실체가 드러나고 있었다.

소소생이 외쳤다.

"저건! 움직이는 구름이 아니라…… 돼지야! 그것도 황금 돼지!"

황금 돼지의 번쩍이는 가죽에서 하얀 독 안개가 뿜어져 나오고 있었다. 황금 돼지가 향하는 곳을 눈으로 따라가 보니 앞에 고래눈이 보였다. 고래눈이 우룡정에 연결한 대망의 허물로 물을 뿌리며 커지는 불길을 잡고 있었다.

"고래눈이 위험해!"

그 사이 우룡정은 꽤 많은 물을 쏟아 내느라 항아리 속에서 힘

겨운 신음 소리를 내고 있었다. 고래눈은 우룡정을 달래 가며 가까스로 마지막 불길까지 잡는 데 성공했다. 그러나 그와 동시에 고래눈이 두른 천의 물기가 다 말라 버리며, 고래눈은 독 안개를 들이마시고 말았다.

"고래눈 형제……."

고래눈은 귀를 의심했다. 그 목소리가 들릴 리 없었다. 소년과 청년 중간쯤에 있는 목소리, 다시는 들을 수 없게 된 목소리였다. 고래눈은 그럴 리 없다는 것을 알았지만 천천히 고개를 돌렸다.

수년 전 고래눈이 막 해적이 되었을 때 한배에 탄 소년이 있었다. 어수룩하고 순진한 구석이 소소생과 닮은 소년. 그 소년이 고래눈 뒤에 서 있었다.

"고래눈 형제……. 제가 드린 풍탁은 잘 가지고 계신가요?"

"그럼! 그럼! 여기 이렇게 지금도……."

고래눈이 품에서 고래 풍탁으로 만든 지휘봉을 꺼냈다. 백적계 부하들이 소소생에게 만들어 준 지휘봉이었다.

"나는 형제 때문에 죽어서도 이렇게 구천을 떠돈답니다. 너무 아프고 외로워요."

"미안하다. 그때 널 지키지 못해서……."

고래눈의 눈에서 뜨거운 눈물이 흘렀다.

"그러니 나와 함께 저승에 갑시다."

소년이 고래눈에게 화악 달려들었다. 고래눈은 눈을 감았다. 뜨거운 불길이 다가오는 것이 느껴졌다.

불에 타서 문드러진 커다란 고목이 고래눈 위로 쓰러지고 있었다. 그때 황금 돼지가 달려와 고래눈을 들이받았다. 쓰러진 고래눈의 머리에서 피가 시냇물처럼 흘러나왔다.

"꾸우우우욱. 꾸어어억."

황금 돼지가 고래눈을 머리로 들어 올려 등에 지고 산으로 달아나기 시작했다.

"안 돼! 황금 돼지가 고래눈 형제를 납치했어!"

소소생이 황금 돼지 등에 얹힌 고래눈을 보고 외쳤다.

"넌 여기서 기다려!"

범이가 훌쩍 몸을 날려 황금 돼지를 쫓았다. 그러나 이내 황금 돼지는 독 안개를 뿜어서 자신의 모습을 감추었다. 하얀 구름 덩어리가 깊은 산속으로 내달렸다. 범이조차도 황금 돼지를 끝내 놓치고 말았다.

5

"네놈이 해적 소소생이냐?"

소소생은 달려 나간 범이에 집중하느라 뒤로 조용히 다가오는 명주 병사들을 눈치채지 못했다. 명주 장수의 손에는 소소생의 용모파기가 들려 있었다.

민가에 불이 났을 땐 코빼기도 보이지 않던 병사들이었다. 하지만 마침 공양미를 빼앗으러 왔던 곳에 불이 나고, 불이 난 곳에서 소소생을 발견하자 장수는 자신이 늘 가지고 다니던 용모파기 속 인물이라는 것을 알아챘다. 그의 머릿속에서 공양미, 화재, 소소생, 용모파기 속 죄목이 하나로 연결되었다.

"삼면총해적주 괴물적이라 불리는 소소생이 우리 명주에 있었을 줄이야! 바다가 아니라 산에 숨어 있었다니 허를 찔렀군."

병사들이 급기야 동자승들과 스님들을 붙잡고 칼로 위협했다.

"스님과 동자승은 아무 잘못이 없어요! 황금 돼지를 잡아야 해요! 그놈이 고래눈을 납치했다고요! 독 안개로 사람을 막 환각에 빠지게 해서……!"

"고래눈까지 불러들였다고?"

"그게 아니라 고래눈은 불을 끄려고 온 거예요. 지금 이럴 때가 아니라 빨리 황금 돼지를 잡아야 한다고요!"

"시끄럽다! 네놈이 우리 병사들을 처참하게 모조리 죽이다니! 과연 네놈의 악명대로 세상에서 가장 극악무도한 해적이구나!"

안개가 사라지자 불에 그을려 폐허가 된 마을과 병사들의 시체가 드러났다. 뒤늦게 나타난 병사들은 해적 소소생이 동료들을 죽인 것이라고 단단히 오해했다.

"제가 소소생인 건 맞지만 병사들은 제가 죽인 게 아니에요. 독 안개 때문에 환각에 빠져서 죽은 거라고요."

"과연 저승에서 온 괴물적이라더니 불 도깨비인 네놈이 불을 지르고 병사들을 죽인 걸 모를 줄 아느냐! 재물과 공양미는 어디 있느냐?"

"전 몰라요! 병사들이 가져갔다고요."

장수는 혼자 머릿속으로 소설을 써 가며 치를 떨었다.

"고래눈 일당에게 넘겨 빼돌렸나 보군. 달아나려고 허튼수작을 부리면 이놈들 목숨은 없을 줄 알아라. 순순히 항복해."

소소생은 겁에 질린 동자승들의 눈망울을 바라보았다.

"동자승과 스님은 아무 잘못 없으니 놓아준다고 약속해 주세요."

"좋다. 어차피 이놈들은 가둬 봤자 우리만 귀찮아지니."

소소생은 장수가 시키는 대로 두 손을 들고 무릎을 꿇었다. 소소생은 그길로 주군왕에게 끌려갔다.

"이놈이 진짜 그 유명한 소소생이라고?"

주군왕은 장수에게 건네받은 용모파기와 힘없이 무릎 꿇고 있는 소소생의 얼굴을 번갈아 보며 물었다.

"예, 이놈이 그 소소생이 맞습니다."

주군왕 옆에 선 이 비장이 말했다. 소소생은 뜻밖의 장소에서 이 비장을 보자 놀라서 물었다.

"이 비장? 비장께선 왜 여기에 계십니까?"

"너 같은 놈이 알 바 없다."

"비장께선 제가 해적이 아니란 걸 아시지 않습니까! 전 그냥 평범한 덕담꾼입니다. 새로운 덕담을 만들려고 그곳에 머물고 있었을 뿐입니다."

이 비장은 소소생이 해적이 아니란 걸 알았지만 결코 진실을 밝히지 않았다. 처음엔 해적이 아니었을지언정 이제껏 소소생이 벌인 일을 보면 철불가보다 더 질 나쁜 해적이나 진배없었다.

"주군왕이시여, 저놈은 저렇게 순진한 얼굴로 사람을 방심시킨 후 재미없는 덕담으로 맥 빠지게 만들어 공격하는 아주 악질 중에 악질 해적입니다."

"소소생 쟨 관상에 해적이 없는데?"

주군왕이 미심쩍은 듯 턱을 괸 채 고개를 갸웃거렸다.

"아닙니다. 소소생에겐 사악한 영혼의 단짝이 있는데 그놈이 바로 철불가입니다."

"어쩐지. 그래서 네가 그 엄청난 보물을 사찰에 기부했다는 거구나? 그 보물 어딨어?"

"저한테 없습니다! 고래눈이 가져간 것도 아닙니다! 병사들이 가져가서 저는 정말 모릅니다! 그보다 황금 돼지를 잡아야 해요."

"저게 아까부터 거짓말로 빠져나가려고 하네?"

"아닙니다! 그리고 어째서 주군왕께서는 작은 사찰의 공양미까지 빼앗아 가십니까? 산불로 피해 입은 백성들을 돕기는커녕 어째서 더 못살게 하시는 겁니까?"

소소생이 동자승들을 떠올리며 울분을 토했다.

"대대로 우리 가문에 내려오는 말이 있다. '사람은 고쳐 쓰는 게 아니다.' 지금 이 사태가 왜 벌어졌다고 생각하냐? 지금 서라벌에서 왕이랍시고 앉은 인간이 제대로 못 해서 아냐. 임금도 사람이니 못 고쳐 쓰겠지? 그러니 새로 갈아야 하지 않겠냐고."

주군왕이 왕을 모욕하며 당당하게 역모를 말하자 소소생은 깜짝 놀라 말문이 막혔다. 이 비장도 놀라긴 마찬가지였다. 왕위를 향한 집착이 얼마나 깊은지 주군왕의 말 한 마디 한 마디에서 느껴졌다.

"그러려면 사병을 늘려야 하는데 재물이 부족해. 애초에 네가 보물을 나한테 바쳤으면 이런 고생은 안 했을 거 아니냐고!"

주군왕이 제 분을 참지 못하고 옆에 있던 병사의 칼을 뺏어서 그 병사의 팔을 베었다.

"윽…!"

병사는 신음 소리도 내지 못하고 피가 흐르는 팔을 잡고 섰다.

"생각할수록 짜증 나서 안 되겠네. 비장, 유명하신 소소생에게 우리 명주의 명물을 보여 줘야겠어."

"그렇다면……? 알겠습니다."

이 비장은 주군왕에게 고개를 조아렸다. 이 비장은 명주의 명물로 불리는 무시무시한 곳으로 소소생을 끌고 갔다.

그 시각 명주성에서 멀지 않은 산길을 철불가가 걷고 있었다. 철불가가 두른 김유신 장군의 무구가 주기적으로 절그럭 소리를 냈다. 얼마 지나지 않아 으슥한 산중에서 누군가 마른 가지와 나뭇잎을 모아 일부러 불을 낸 흔적이 보였다.

"제대로 찾아왔군."

철불가는 산을 돌아다니며 불을 지른 흔적마다 편지를 묶은 화살을 꽂아 두었다. 편지의 내용은 이러했다.

노을이 질 때 은행나무가 있는
대궐집 뒤로 오시오.
진짜 불커신에게 대궐집 재물을 몽땅 바치겠소.

저기 보물 창고를 털어야 하네.

자, 이제 누가 진짜 소소생인지 가려보세!

여기서? 들키면 어쩌려고?

다른 데로 눈을 돌리면 되지.

?

이렇게!

뻥

으

악!

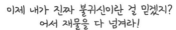

이제 내가 진짜 불귀신이란 걸 믿겠지?
어서 재물을 다 넘겨라!

아니,
괴물적은 소소생
한 명뿐이야.

누구긴.

대체 네놈은
누구냐?

천하제일 미남 해적
철불가지.

바닥에 쓰러진 가짜 불귀신이 이를 갈며 말했다.

"네놈이 그 유명한 쓰레기 해적 철불가였구나!"

당연하게도 철불가는 처음부터 이럴 계획이었다. 철불가가 거들 먹거리며 입을 열었다.

"이 시기에 명주엔 강한 바람이 불고 유난히 땅이 건조해서 한 번 산불이 나면 걷잡을 수 없지. 그걸 이용해서 너 같은 놈들이 불 도깨비 흉내를 내기 시작했을 거야. 산불을 가장해서 근처에 불 을 지르면, 사람들이 달아날 테고 부잣집을 쉽게 털 수 있을 테니 까. 관군들도 산불이라고만 여기지 도둑이라 생각하진 않으니 일 석이조였겠지."

철불가는 가짜 불귀신의 정체를 알고도 이자들을 한데 모았다. 소소생이 불을 지르고 다니지는 않을 테니 불귀신이 가짜라는 것 은 생각할 필요도 없는 문제였다. 명주에서 제일 큰 부잣집을 털 고, 이놈들에게 덮어씌우면 그만이라고 생각한 것이었다. 가짜 불 귀신들은 함정인 줄도 모르고 철불가의 꾀에 이용되고 버려진 셈 이었다.

"후후후. 어떠냐, 철불가 님의 멋진 계략에 걸려든 소감이?"

가짜 불귀신이 킬킬킬 웃으며 말했다.

"하지만 네놈도 놓친 게 하나 있다. 방금 네가 턴 집의 주인이 누 군지 아느냐?"

"집이 제일 크니까 제일 부자겠지."

"그래. 명주에서 가장 부자, 명주에서 가장 높은 벼슬아치가 누구겠느냐? 바로 명주의 왕! 주군왕이다! 주군왕의 재물에 손을 댔으니 네놈은 이제 죽은 목숨이야! 하하하!"

가짜 불귀신이 실성한 것처럼 웃었다. 철불가가 그의 시선을 따라 고개를 돌렸다. 주군왕의 병사들이 철불가를 잡으러 달려오고 있었다.

"이런!"

철불가가 재물이 든 가방을 들고 도망치려 했지만 가짜 불귀신이 횃불을 던졌다. 횃불이 가방에 떨어져 안에 든 재물이 화르르 불타기 시작했다.

"안 돼! 내 보물!"

철불가가 팩 소리를 쳤다. 재물을 조금이라도 챙기고 싶었으나 휘익 바람을 가르며 화살이 날아왔다. 주군왕의 병사들이었다.

철불가는 병사들이 찌르는 칼을 김유신 장군의 보검으로 쳐 내고, 투구로 날아오는 화살을 튕겨 냈다.

"오! 과연 김유신 장군의 유품이구나!"

철불가는 그 와중에도 감탄을 하며 날쌔게 달아났다.

"철불가! 네놈도 결국 빈손이로구나. 꼴좋다! 하하하!"

가짜 불귀신이 주군왕의 병사에게 잡힌 채 소리쳤다.

"하지만 제일 귀중한 보물은 챙겼다네! 바로 내 목숨!"

철불가가 얄밉게 한쪽 눈을 찡긋하고는 나무 위로 뛰어올라 사라졌다.

6

고래눈은 황금 돼지의 등에 실려 가며 악몽을 꾸었다.

고래눈이 해적이 된 지 불과 일 년도 안 됐을 때였다. 아직 소녀 티를 벗지 못했으나, 또래치고는 검을 잘 쓴다 하여 고래눈은 가장 큰 해적단에 입단할 수 있었다.

그곳에서 범이와 소년을 만났다. 소년은 부모를 잃고 갈 곳이 없어 해적단에 들어왔다고 했다. 몸이 약하고 겁이 많아 해적에 어울리지 않는다며 늘 구박을 당하기 일쑤였다. 그나마 고래눈과 범이가 들어온 뒤로 비슷한 처지의 세 사람은 의형제처럼 서로를 챙기고 도왔다.

손재주가 좋았던 소년은 음식을 만들거나 해적들의 옷을 수선하는 잡일을 맡았다. 시간이 남으면 고래눈과 범이에게 어울릴 장신구를 만들기도 했다.

"고래눈 형제를 생각하면서 만든 거야."

어느 날 소년은 고래눈에게 고래 풍탁을 선물했다.

"무슨 일이 있어도 널 지켜 줄게."

고래눈이 딸랑 풍탁을 흔들며 웃었다.

그날 밤 해적선에 한 무리의 사람들이 찾아왔다. 횃불 사이로 언뜻 고급스러운 옷감이 스쳤다. 아무리 밤이라지만 얼굴이나 신분을 감출 생각조차 없어 보였다. 그들은 주기적으로 뇌물을 상납받고 해적들을 눈감아 주는 부패 관리들이었다.

관리들은 저들끼리 키득거리더니 두령에게 무언가 이야기하기 시작했다. 귀를 기울이던 두령이 뜬금없이 범이와 고래눈에게 술을 구해 오라고 시켰다. 술은 이미 차고 넘쳤지만, 관리가 육지의 술을 마시고 싶어 한다는 말에 고래눈과 범이는 어쩔 수 없이 육지로 향했다.

고래눈과 범이가 해적선으로 돌아왔을 때 소년은 이미 관리들에게 팔려 가고 없었다. 다른 해적들이 둘을 놀려 댔다.

"하하하! 쓸모도 없던 것이 마지막엔 돈이 되는구나!"

"그 관리 놈, 심심풀이로 노비들을 죽인다지 아마?"

"지금쯤 그 녀석도……."

고래눈과 범이는 말이 채 끝나기도 전에 다시 육지로 나갔다. 관리의 집을 간신히 알아내 찾아갔을 때 소년은 이미 목이 꺾여 죽은 후였다. 고래눈은 관리가 내다 버린 소년의 시신을 바다가 보이지 않는 깊은 산속에 고이 묻어 주었다. 소년을 평생 괴롭힌 바다가 더 이상 보이지 않도록.

고래눈은 이를 악물었다. 소리 없이 눈물이 흘렀다.

"고래눈 형제……. 우리는 어떻게 해야 합니까?"

범이가 짐승처럼 울면서 물었다. 눈가의 하얀 분가루가 눈물에 번져서 마치 하얀 눈물을 흘리는 듯했다.

"……."

고래눈은 아무 말도 하지 않았다. 그리고 해적단으로 돌아가 아무 일도 없었던 것처럼 다시 해적질과 검술을 익혔다.

마침내 오합도를 자유자재로 부리며 천하제일검이라는 말을 듣게 되었을 때, 고래눈은 범이와 함께 해적단을 몰살했다. 끌려가는 소년을 내버려둔 해적들, 소년을 팔아넘긴 두령, 소년을 죽인 관리도 전부. 도망칠 시간 같은 건 주지 않았다. 도망치더라도 지옥 끝까지 쫓아가 죽였을 것이다.

그날 밤 배 위에 멀쩡히 서 있는 자는 고래눈과 범이뿐이었다. 고래눈은 바다를 보며 슬픈 눈으로 말했다.

"무슨 일이 있어도 지켜 준다는 약속, 못 지켜서 미안하다."

그 이후 고래눈은 새로운 해적단을 만들어 온갖 더럽고 부패한 자들이라면 가리지 않고 털어 가난한 백성에게 재물을 나누어 줬다. 그러나 고래눈은 한시도 소년을 잊지 못했다. 범이도 마찬가지였을 것이다. 고래눈도 범이도 소년의 이름을 단 한 번도 입 밖으로 꺼내지 못했으니까.

"으윽……."

딸랑딸랑. 풍탁 소리에 고래눈이 눈을 떴다. 고래눈이 악몽에 시달려 몸부림을 치다가 떨어뜨린 모양이었다.

"꿈이었나……."

고래눈이 안도의 한숨을 쉬었다. 식은땀으로 온몸이 흠뻑 젖어 있었다.

"환각이라도 네 얼굴을 볼 수 있어 다행이었어. 네 얼굴이 점점 떠오르지 않았거든."

고래눈이 지휘봉에 달린 고래 풍탁을 보며 말했다. 어렴풋한 느낌이었는데 다시 보니 정말로 소년과 소소생은 많이 닮았다. 해사한 미소와 맑은 눈빛이 유독 그러했다.

"네가 준 풍탁으로 많은 이를 지킬 수 있었어."

풍탁 소리로 소소생은 거악을 쫓아낼 수 있었고, 고래눈은 백적계를 다시 불러 모아 얼음 도깨비가 된 흑삼치를 물리칠 수 있었다. 고래눈은 지휘봉을 소중히 쓰다듬고 다시 품에 넣었다.

간신히 상체를 일으키던 고래눈은 머리를 찌르는 것처럼 날카로운 통증을 느꼈다. 머리를 만져 보니 피가 묻어났다. 깊게 파인 상처가 만져졌다. 손이 닿기만 해도 쓰라렸다.

"아야……. 어쩌다 다친 거지?"

고목이 쓰러지고 황금 돼지가 달려오는 데서 고래눈의 기억이 멈췄다.

"잠깐, 황금 돼지…… 금저金猪! 그렇다면 여기는!"

고래눈이 사방을 둘러보았다. 동굴 안이었다. 어디에도 금저는 보이지 않았다. 고래눈은 전설로만 듣던 금저를 직접 보았다는 사실이 믿기지 않았다.

고래눈은 금저가 없는 틈에 탈출하려고 동굴을 샅샅이 뒤졌다. 하지만 입구로 보이는 곳을 거대한 바위가 막고 있어 나갈 수가 없었다. 바위를 밀어 보았지만 예상대로 꿈쩍도 하지 않았다. 바위 뒤로 쏴아아아아 물소리가 들렸다.

"폭포다. 폭포 뒤편 굴에 숨어 살았구나. 그래서 지금껏 아무도 금저를 발견하지 못했던 거야. 하지만 이렇게 꼭꼭 숨어 사는 금저가 왜 마을까지 내려와 난동을 부린 걸까?"

고래눈은 머리가 핑 도는 것처럼 어지러웠다. 피를 많이 흘려서일까. 으슬으슬한 한기에 몸이 떨렸다. 이대로는 위험했다. 고래눈은 옷을 찢어서 머리의 상처를 동여매고 불을 지필 만한 것들을 모아 왔다. 부싯돌로 불씨를 만든 다음 마른 가지에 불을 옮겼다. 모닥불을 피우자 온기가 퍼져 살 것 같았다.

그때 동굴 입구를 막고 있던 바위가 드르륵 움직였다. 금저였다. 금저가 고래눈을 보자마자 콧김을 뿜으며 돌진해 왔다.

"꾸우우우울. 꾸어어어억."

그런데 금저의 털빛이 황금색이 아닌 짙은 회색이었다.

'왜 황금색이 아닌 거지? 털빛을 바꿀 수 있는 건가?'

생각도 잠시 고래눈이 오합도를 꺼내 방어 태세를 취했다.

그러나 금저는 고래눈을 공격하지 않고 발로 모닥불을 밟기 시작했다. 그래도 불이 꺼지지 않자 땅을 박박 긁어서 모닥불에 흙을 뿌렸다. 모닥불이 피시식 꺼지고 나서도 성이 난 듯 씩씩거리며 동굴 벽을 닥치는 대로 들이받아 부쉈다.

무너질 듯 흔들리는 동굴에서 고래눈이 균형을 잡으며 외쳤다.

"그만! 진정해! 불을 싫어하는 거냐?"

금저가 콧김을 뿜으며 고래눈과 눈을 맞췄다.

'불이 나는 곳마다 독 안개가 퍼지고 커다란 멧돼지 발자국이 찍혀 있었지. 처음엔 산불이 금저의 짓이라 생각했지만 얼마 안 가 파렴치한 가짜 불귀신들의 소행이란 것을 알았다. 그렇다면 불이 나는 곳마다 금저가 나타난 진짜 이유는 뭘까?'

고래눈이 금저에게 재차 물었다.

"혹 불이 싫어서 인간이 사는 마을까지 내려온 것이냐?"

금저가 고래눈을 가만히 보다가 천천히 눈을 깜빡였다. 긍정의 표현인 듯했다.

'그렇다면……. 최근 명주에는 산불이 끊임없이 일어났다. 그런데 눈에 띄길 싫어하는 금저가 그때마다 마을까지 내려와 독 안개를 뿜고 다닌다? 아무리 불을 싫어해도 어째서? 만약 산불이 인간의 짓이란 걸 금저도 알았다면? 말도 안 되는 소리일지도 모르지만……, 어쩌면 금저는 불을 지르는 인간들에게 복수하려던 게 아닐까?'

금저가 그때까지 입에 물고 있던 나뭇가지를 떨어트렸다. 나뭇가지에 조개처럼 생긴 붉은 열매가 달려 있었다.

"이건 벽사수? 부정한 기운을 막아 준다는 신비한 나무인데."

금저가 고래눈과 빨간 열매를 번갈아 눈짓했다.

"먹으라는 거냐?"

금저가 또 한 번 눈을 깜빡 감았다. 고래눈은 나뭇가지에서 조개 같은 열매를 하나 땄다. 시큼한 향이 났다. 고래눈은 금저가 압박하듯 지켜보는 통에 마지못해 열매를 입에 넣었다. 한 입 깨무니 과육이 입안에서 터지며 톡 쏘는 맛이 느껴졌다. 떫고 신맛이 나서 인상이 절로 쓰였다.

그런데 열매를 삼키자마자 이상한 기운이 몸에 퍼지는 게 느껴졌다. 곧이어 온몸이 타는 것처럼 뜨거워졌다. 옷감이 피부에 닿는 감각마저 따끔따끔 아프고 식은땀이 비 오듯 흘렀다.

"설마 독이……. 역시 인간에게 복수를 하려고……!"

세상이 빙글빙글 도는 것 같고 금저가 두 겹, 세 겹으로 보였다. 허억 허억. 고래눈은 신음하며 고통에 몸부림치다가 끝내 눈을 감았다.

철불가는 명주 골목으로 향했다. 명주 시장의 골목 중 하나인 이곳에서 파는 물건들은 하나같이 누군가 쓰다 내놓은 헌것이었다. 생채기가 난 가죽 가방부터 이가 빠진 그릇, 누렇게 바랜 옷과 목이 해지고 여기저기 덧댄 옷도 심심찮게 보였다. 다른 시장 상인들처럼 이 사람 저 사람을 부르는 호객 행위도 없었다.

철불가는 이 물건 저 물건을 기웃대고 있었다. 철불가를 아까부터 보고 있던 사내가 머뭇거리며 다가와 속삭였다. 흡사 밀정이 암호를 대는 것처럼 은밀했다.

"혹시 거래하러 오셨소?"

철불가가 눈을 크게 뜨고 사내에게 속삭였다.

"혹시 김유신 장군의 유품을 사러 오신?"

"그렇소. 나리 대신 물건을 받으러 온 시종이오."

이곳은 명주의 명물 중 하나인 명주 골목이었다. 전쟁이 많고 산세가 험하여 교류가 힘든 험지인 데다, 주군왕이 사병을 늘리느라 조세를 올리는 바람에 명주 백성들은 새 물건을 살 형편이 아니었다. 그래서 중고 물건을 거래하는 명주 골목이 더욱 커졌다.

철불가는 골동품 상점에 김유신 장군의 유품을 팔러 갔다가 그곳에서 높은 벼슬아치가 이 물건에 관심을 보인다는 말을 들었다. 그리하여 골목을 둘러보며 물건을 사기로 한 벼슬아치를 기다리던 참이었다.

철불가가 걸치고 있던 무구들을 벗으며 하나씩 설명했다.

"여기 보시오. 김유신 장군의 갑옷과 투구, 보검이오. 삼국이 전쟁을 치를 때 김유신 장군께서 전쟁터에서 우리 조상님께 하사한 물건이라오. 이 갑옷을 입으면 늘 승승장구하였고, 이 투구를 쓰면 전쟁터에서 어떤 무기를 들이받아도 머리털 하나 다치지 않았고, 이 보검으로 치면 어떤 적장이든 목이 달아났다고 하지. 자, 그럼 거래하시겠소? 약속한 대로 금괴 한 가마니를……."

"기다려 주시오. 나리께 어떻게 하실 것인지 여쭙고 오겠소."

"엥? 어딜 간다는 거요? 그러다 안 오면?"

"근방에서 기다리고 계시니 잠깐만 시간을 주시오."

사내는 철불가의 대답도 듣지 않고 어딘가로 부리나케 달려갔다. 그러더니 정말로 잠시 후 달려와 말했다.

"나리께서 말씀하시길, 김유신 장군이 쓰는 보검은 손잡이에 봉황 장식이 있다는데 보검에는 보이지 않으니 그 연유를 물라 하셨소. 만일 가품이면 가만두지 않겠다고 덧붙이셨소이다."

"봉황? 아, 그런 게 있긴 했는데 말이오. 감히 내가 우리 김유신 장군과 똑같은 검을 가진다는 것이 너무나 황송하여서 내가 물려받은 후 직접 봉황 부분만 잘라서 장군 묘에 다시 바쳤다오. 이제 거래하시겠……?"

"기다리시오."

사내가 달려갔다가 다시 나타났다.

"아, 저, 저……."

철불가가 혀를 끌끌 차는 사이 사내가 빠르게 돌아왔다.

"헉 헉. 그런. 헉헉. 귀한 걸, 헉헉, 왜 파냐고 물으시오."

"더 존엄하고 권세 있는 자에게 어울릴 것 같아 공양하는 마음으로 아주 좋은 값에 내놓는 건데. 싫으면 마시오. 좋은 기회를 놓치다니. 그쪽 나리 말고도 사겠단 사람이 줄을 섰소이다!"

"그러면 봉황 장식만큼, 허억, 헉. 값을 깎아 줄 수 없는지도 물으셨소만……."

"됐다니까? 이 거래는 접겠소!"

철불가가 김유신 장군의 갑옷을 챙겨서 자리를 뜨려고 했다.

"기다리시오!"

사내가 또 먼지바람을 일으키며 달려갔다. 쿨럭 쿨럭, 먼지바람에 철불가가 기침을 했다. 드디어 저쪽에서 사내가 소가 끄는 수레와 함께 나타났다. 수레에 덮인 천 아래로 번쩍번쩍 빛나는 금괴 몇 덩이가 보였다.

"약조한 대로 금괴 한 가마니를 가져왔소. 확인해 보시오."

"진작에 그럴 것이지. 자, 가져가시오. 김유신 장군의 영험한 기운이 자네와 자네가 모시는 나리를 지켜 줄 것이네."

철불가는 축복까지 하며 금괴가 실린 수레를 넘겨받았다. 철불가가 콧노래를 부르며 수레를 덮은 천을 걷었다.

"오랜만이구나, 철불가."

동시에 수레에 웅크리고 있던 이 비장이 튀어나와 철불가의 목에 칼을 겨눴다.

7

철불가는 손과 발을 결박당한 채 감옥으로 끌려갔다. 이 비장이 선두에 서고 간수 둘이 철불가를 양쪽에서 보좌하듯 팔을 끌고 걸었다. 걸을 때마다 간수가 허리춤에 찬 열쇠 꾸러미가 짤랑짤랑 소리를 냈다.

"이 비장 오랜만일세. 나를 어떻게 찾은 건가?"

이 비장은 대꾸하지 않았다. 그는 철불가를 잡기 전 관청에서 일어난 일을 떠올리고 있었다.

관청에 골동품 가게 주인이 찾아와 주군왕에게 고할 물건이 있다면서 일이 시작되었다.

"김유신 장군의 유품이라고?"

주군왕이 물었다. 골동품 가게 주인이 말했다.

"예. 가게에 신수가 훤한 미남자가 찾아와 자기 할아버지의 할아버지가 김유신 장군의 부하였는데 전쟁터에서 직접 하사받은 유품을 팔고 싶다고 하였습니다. 가문의 보물로 간직하고 싶었으나 더 어울리는 자에게 돌아가는 것이 마땅할 것 같다고 내놓으려 한답니다. 그래서 보자마자 주군왕께 달려와 보고드리는 것입니다."

"잘했다. 김유신 장군의 유품이라면 내 권위를 세울 만하지."

그 말을 옆에서 듣고 있던 이 비장이 한 발 앞으로 나섰다.

"감히 소인이 끼어들 일이 아닌 듯하지만, 김유신 장군의 유품을 팔겠다고 온 미남자에 대해 소상히 알려 줄 수 있소?"

골동품 가게 주인이 그때를 떠올리며 말했다.

"콧날이 종이가 베일 듯이 오뚝했으며 눈이 길고 커서 날카로웠으나 웃으면 초승달처럼 휘어져서 훈훈한 인상을 주었습니다. 입술 또한 고와서 여자라 해도 믿을 법하였으나 수염을 기르고 있어 착각할 일은 없었지요. 키는 저보다 훨씬 컸는데도 머리는 저보다 한참 작았고요."

"말주변은 어땠나?"

"아주 달변가였습니다. 듣자마자 믿음이 갔지요."

이 비장은 그 말을 듣고 확신이 섰다.

"주군왕이시여, 그자는 철불가가 틀림없사옵니다."

"철불가라고? 다리를 잘라 내어도 다시 자라는 불가사리, 그것도 철불가사리 같다는 그 철불가 말인가? 천년만년 산다는?"

"예. 최근에 불 도깨비가 되어 괴물적으로 불리는 소소생과 같은 계파의 해적입니다. 그자가 재물이 궁하여 사기를 치려고 수작을 부리는 것 같으니 제가 그자가 맞는지 거래 현장에 잠입하여 확인하겠나이다. 그가 맞다면 바로 잡아들이겠습니다."

"좋다! 이 비장이 아니었다면 웃음거리가 될 뻔했구나. 그 전에 저 장사치는 죽을 때까지 감옥에 처박아 둬라."

골동품 가게 주인이 화들짝 놀라 빌었다.

"아이고 잘못했습니다. 저는 그자가 철불가인 줄 모르고……."

"그래그래. 알고 그랬겠는가? 한데 모르는 것도 죄이니라."

"제발 살려 주십시오! 제발!"

골동품 가게 주인이 애원했으나 병사들이 그자를 끌고 갔다.

이 비장은 실수하면 목숨을 부지 못할 거란 생각에 반드시 철불가를 잡아야겠다고 생각했다. 그렇게 금괴를 실은 수레인 척 그 안에 들어가 잠복하여 철불가 앞에 나타난 것이다.

"명주에서 이 비장을 보다니. 그림이 참 낯설구먼. 혹 여기로 좌천되었나? 김 대사가 해임되었다는 말은 들었는데……. 김 대사가 힘 좀 써 줄 줄 알았더니 토사구팽당한 게야? 쯧쯧."

철불가가 끌려가는 주제에 자유분방한 주둥이를 나불거렸다.

"한 마디만 더 하면 그 잘난 입을 썰어 주마."

이 비장의 얼굴이 험악하게 바뀌었다.

철불가가 자연스레 감옥을 둘러보며 말했다.

"여기가 그 악명 높은 명주 감옥이군."

명주의 감옥은 기다란 복도 구조였다. 복도 좌우로 감방이 주르르 붙어 있었고 좁은 감옥에 해적들이 바글바글했다. 안타깝게 지하지인의 밥이 되게 생긴 골동품 가게 주인도 이미 잡혀 와 두려움에 떨고 있었다. 철불가에게 사기를 당한 가짜 괴물적들이 철불가의 멱살을 잡으려 창살 밖으로 팔을 뻗기도 했다.

"휘유. 어마무시한 놈들이 갇혀 있구먼."

"그렇다. 신라 9주 5소경을 통틀어 극악무도한 놈들만 모여 있지. 그중 이 감옥을 탈출한 자는 아무도 없었다는군. 죽은 놈들을 빼면 말이지. 하하하."

이 비장이 으스대듯 말했다.

"이보게, 이 비장. 오랜만에 본 기념으로다가 내 명성에 걸맞은 감옥에 넣어 주게."

"편한 곳에 넣어 달라는 것이냐? 너 같은 놈은 신라에서 제일 잔인하고 무식한 놈들이 있는 구역에 던져 버릴 거다. 죽지도 못하고 뼈도 못 추리며 불행하게 살다 가게 말이다. 김 대사가 날 배신해서 이곳으로 내쳐져 얻은 화병을 이렇게라도 풀지 않으면 살 수가 없거든."

"그래그래. 화병 풀어야지. 내가 생각해도 김 대사가 너무했네. 가는 뒷모습이 고와야지 말이야. 한데 겨우 그 정도로 화병이 풀리겠나? 장인이 사포를 짓밟았을 때도 시킨 건 김 대사면서 이 비장한테 다 덮어씌웠었지? 게다가 흑갑신병 때문에 당포에 곡소리가 날 때도 김 대사가 이 비장을 그리로 보냈고 말이야."

이 비장이 간신히 잊고 있었던 과거의 수치와 모욕을 철불가가 구구절절 끄집어냈다. 억지로 꾹꾹 눌렀던 분노와 김 대사를 향한 암

살 욕구가 스멀스멀 올라왔다. 이 비장은 아직도 김 대사가 그려진 과녁에 화살을 날리며 울분을 풀고 있었다.

"김 대사에게 개같이 부림을 당하고도 공은 전부 빼앗겼으니 내가 봐도 참 안됐네. 자네 같은 충신이 어디 있다고 김 대사는 마지막까지 뒤통수를 거하게 치나? 자네가 그토록 염원하던 서라벌 근처도 못 가고 유배지 같은 산골 명주로 좌천됐으니……."

"시끄러! 네놈이 말하니 더 열받잖아!"

이 비장이 참지 못하고 버럭 소리를 질렀다.

"그렇게 소리를 질러야겠지. 그러지 않으면 살 수 없겠지. 그러니 나를 이 감옥에서 아주 깊고 깊은 곳에 가두는 게 어떻겠나? 나를

김 대사라고 생각하고 처박아 주겠나?"

"네놈이 드디어 미친 게야? 아니면 무슨 꿍꿍이가 있는 건가? 다른 놈들은 탈옥을 꿈꾸며 출구와 가까운 곳에 가둬 달라고 비는데 널 가장 깊은 곳에 가둬 달라고?"

이 비장이 철불가를 의미심장한 눈빛으로 쳐다보았다. 철불가는 그저 해맑게 웃었다.

"출구 가까이든 제일 밑이든 탈옥 못 하는 건 마찬가지 아닌가. 어차피 갇히는 거 내 악명에 맞게 아주 깊은 곳에 갇혀서 탈옥은 꿈도 못 꾸는 게 차라리 마음 편할 것 같아서 말이야."

이 비장은 철불가가 원하는 대로 해 주자니 무척 찝찝했다.

'저놈이 뭣 때문에 저렇게 나오는 거지? 분명 무슨 꿍꿍이가 있으니 저리 나오는 것 같은데. 철불가 좀 고생시킨다고 불이익이 오진 않겠지. 꼴도 보기 싫으니 제일 밑에 처박아 주지.'

"고생이 소원이라면 그리해 주마. 마침 네가 반가워할 얼굴도 있으니 기대하거라."

이 비장이 철불가를 데리고 감옥 가장 끝으로 갔다. 그곳에는 우물처럼 깊은 구덩이가 파여 있었다. 어찌나 깊은지 짐승의 시커먼 아가리처럼 아득하여 바닥이 전혀 보이지 않았다.

"여기는 악명 높은 놈들만 들어가는 특별 감옥이다. 네 소원대로 여기에 가둬 주지."

감옥 앞에는 커다란 도르래에 연결된 굵은 쇠사슬이 여럿 달린 나무 판이 떠 있었다. 사람 서넛이 간신히 설 정도로 작아서 이 비장이 먼저 오르고, 양쪽에서 철불가를 연행하던 간수 중 한 명만 따라 탔다.

그러자 병사들이 도르래를 돌려 그들을 감옥 지하로 내려보냈다. 이 비장이 말했다.

"여기는 계단이 없다. 탈옥을 원천 봉쇄한 거지. 너 같은 놈이 아무리 잔머리를 굴려도 나갈 수 없다는 소리다."

그러는 동안에도 그들은 끝없이 내려갔다. 천하의 철불가도 겁이 나 이 비장에게 눈웃음을 지으며 물었다.

"저기 비장, 이리 깊은 곳이면 밥이나 물은 어떻게 주는가?"

"설마 삼시 세끼 꼬박꼬박 챙겨 먹을 생각을 한 게냐? 해적 주

제에 꿈도 크구나. 밥 같은 걸 네놈에게 줄 리가 있겠느냐. 다만 철불가 네놈이 속 편히 죽는 꼴은 볼 수 없으니, 죽지 않게는 해 주지. 간수가 하루에 한 번씩 이걸 타고 내려올 것이니 열심히 기다려 보거라."

이 비장이 철불가 옆의 간수를 턱으로 가리키며 말했다.

"휴, 그렇담 다행이고."

철불가가 눈웃음을 지었다. 마침내 이 비장과 철불가가 감옥 바닥에 도착했다.

"철불가?"

철불가는 또 소소생의 목소리를 들었다.

"또 환청인가?"

철불가가 짜증을 내자 소소생이 말했다.

"환청이라뇨?"

주변을 둘러보니 지하 감옥 바닥에는 흉악범을 가두는 감방이 세 칸 있었는데 한 칸에는 소소생이 있었고, 다른 한 칸에는 비녀를 꽂은 여자 해적이 등을 돌리고 앉아 있었다.

그런데 소소생의 몰골은 철불가가 보아 온 소소생의 환영과 아주 딴판이었다. 눈은 푹 꺼지고 볼은 쑥 들어갔으며 옷은 여기저기 찢어져 거지꼴이 따로 없었다.

"소소생? 이럴 수가! 널 벗어나려 명주까지 왔는데 여기서 다시 만나게 되다니! 이 무슨 하늘의 장난이란 말인가!"

화들짝 놀란 철불가는 보이지도 않는 하늘을 향해 한탄했다. 그러더니 갑자기 고개를 홱 돌려서는 눈을 가늘게 뜨며 물었다.

"너 진짜 소소생 맞지?"

"가짜 소소생도 있어요?"

"있지. 지금 명주에 산불이 나는 게 다 가짜 소소생이 판을 쳐서 란다. 방화범에 잡범에 조무래기 해적까지 전부 자기가 괴물적 소소생이라고 우기며 불을 지르고는 빈집을 털고 다니지."

"정말요? 따라 하려면 내 덕담이나 따라 하지."

소소생은 죄책감을 느꼈다. 딱히 자신이 잘못한 건 없었으나 모방 범죄의 원흉이 자신인 것 같아서였다.

"시끄럽다! 여기서 소소생과 오순도순 사이좋게 저승에나 가라."

이 비장이 철불가를 비어 있는 가운데 감방에 밀어 넣었다. 이비장과 간수가 자물쇠를 단단히 걸어 잠그고, 나무 판에 다시 올랐다. 간수가 쇠사슬을 칼로 탕탕 세게 치자 지상에서 병사들이 도르래를 돌려서 끌어 올렸다.

이 비장이 사라지고 나자 소소생이 철불가에게 말했다.

"철불가는 사포로 간댔잖아요. 여기는 왜 온 거예요? …아니지! 지금 그게 중요한 게 아니에요. 고래눈이 괴물한테 잡혀갔어요! 고래눈을 구하는 데 철불가도 힘을 보태 주세요!"

"범이가 구출하겠지."

철불가가 앉았다가 빠르게 일어나는 동작을 반복하면서 말했다.

"범이도 결국 놓쳤다고요! 우리가 구해야 해요!"

"너 기억 안 나니? 김 대사가 전에 날 감옥에 가두었을 때 고래눈이랑 범이가 찾아와서 네 소식만 묻고는 나는 버리고 갔단 말이야! 괘씸해서 나도 절대 고래눈을 구하지 않을 거다."

철불가는 계속 앉았다 빠르게 일어나기를 반복하며 말했다.

"저, 그건 왜 하는 거예요? 정신 사납다고요, 그 이상한 동작."

"허리 힘을 기르는 데 좋은 운동이거든."

"진짜 고래눈 안 도와줄 거예요? 설마 그런 걸로 토라진 거예요? 다 늙은 어른이?"

"너 방금 한 말에 잘못된 점이 두 개나 있다? 첫째, 난 늙지 않았어. 두 번째로 난 토라진 게 아니야. 나도 그들과 똑같이 행동하겠다는 것뿐이지."

"사람들은 그걸 토라졌다고 해요."

"시끄럽다! 운동하는 데 방해되니 조용히 하거라."

철불가는 입을 삐죽대면서 앉았다 일어나기를 계속했다.

"어떡하지. 여긴 어떻게 나가며, 나간다 해도 고래눈을 잡아간 황금 돼지를 무슨 수로 찾는담?"

소소생이 혼잣말을 하자 철불가가 창살을 붙잡고 소소생이 갇힌 감방을 보며 큰 소리로 물었다.

"잠깐! 황금 돼지? 고래눈을 잡아간 게 진짜 금저라고?"

"관심 없다면서요!"

"소소생, 하필 그렇게 중요한 이야기를 빼먹고 말하니 그런 거잖니. 네가 그러고도 덕담꾼 지망생이냐? 내가 넓은 아량으로 들어줄 테니 차근차근 다시 이야기해 보거라. 고래눈이 어떻게 잡혀갔는지는 네가 평소 말하는 속도의 세 배쯤으로 말하고, 황금 돼지가 나왔을 때만 천천히 말해 보거라."

소소생이 그동안 일어났던 일을 요약해서 들려주었다. 철불가가 다 듣고 나서 이렇게 말했다.

"넌 그 많은 재물을 그렇게 날렸다는 게냐? 하여간 넌 마음이 약해서 네 손에 들어온 복을 스스로 차 버린다니까. 쯧쯧."

철불가는 도저히 참을 수 없다는 듯이 혀를 차며 한탄했다.

"누구처럼 술값으로 날린 것보단 낫죠!"

"적어도 난 나를 위해 썼거든? 너처럼 뺏긴 게 아니라?"

철불가가 유치하게 소소생을 놀렸다. 옆 감방에서 등을 지고 앉아 있던 여자 해적이 끼어들었다.

"참 나. 해적들이 괴물적 괴물적 하길래 얼마나 무서운 자인가 궁금했거늘. 겨우 저런 애송이가 그 괴물적 소소생이란 말이오? 저런 꼬맹이가 허황된 명성을 얻었으니, 참 인생 불공평하군."

여자 해적이 고개를 저으며 비웃었다.

"아니, 제가 그런 명성을 얻고 싶어서 얻은 게 아니거든요? 누구신데 초면부터 비아냥이세요?"

소소생이 날카롭게 대꾸했다. 가뜩이나 고래눈이 잡혀간 상황이라 예민해진 마당에 조소까지 당하니 화가 났다.

"황금 돼지의 최초 목격자라고 할까?"

여자 해적이 돌아서서는 감방 창살 앞에 섰다. 해적은 비녀로 머리를 땋아 올리고, 꽃사슴 가죽으로 만든 가방과 화살통, 물소 뿔로 만든 커다란 맥궁을 메고 있는 바다선녀였다.

"어느 해적 계파의 뉘시오?"

철불가가 물었다.

"업력이 그리 길지 않아 아직 모를 수 있소. 난 바다선녀요."

"그러니까 바다선녀 자네도 황금 돼지, 금저를 보았다는 거지?"

"그렇소이다. 그놈은 하얀 구름 같은 독 안개를 뿜어냈소. 그걸 마시면 실성을 하여 자기 자신이나 동료를 해치기도 하지. 내 두 눈으로 똑똑히 보았소. 하얀 안개 사이에서도 반짝반짝 빛나는 황금 가죽을! 심지어 집채만큼 커다랬지!"

철불가는 바다선녀의 말을 듣고 침을 꼴깍 삼켰다.

"집채만 한 황금 돼지가 고래눈을 납치했단 거지? 어서 탈출해야겠어. 그 번쩍번쩍 빛나는 황금 돼지를 뺏기기 전에. 아니 고래 눈이 다치기 전에 말이야. 그렇지, 소소생?"

소소생이 일자 눈을 하고 철불가를 흘겨보았다.

"그러니까 빨리 나가자고요."

"알겠다, 알겠어! 여보게, 바다선녀! 자네가 부리는 해적단은 규모가 어느 정도인가? 이렇게 깊은 곳에 갇힐 정도면 규모가 어마어마하겠지? 부하들이 막 자네를 구하려고 전쟁을 준비하고 그러겠지?"

"난 혼자 움직이는데? 원화 시절에 사람한테 데어서 이젠 사람이라면 질색이라오."

바다선녀는 원화 출신임을 은근히 과시하듯이 말했다.

"뭐? 해적이 무리 지어서 못된 짓을 해야지 왜 혼자 움직여? 이렇게 되면 계획에 차질이 생기는데."

"무슨 계획이었는데요?"

소소생이 물었다.

"감옥 제일 깊은 곳에는 제일 무서운 해적이 갇혀 있는 법이고, 제일 무서운 해적을 구하려고 부하들이 나타나는 법이지. 그 무서운 해적 옆에 갇혀야 부하들이 해적을 탈출시킬 때 어부지리로 같이 탈출할 수 있다 이 말이야! 그래서 제일 깊은 곳에 가둬 달라고 이 비장을 자극했는데, 이제 다 글렀다! 하필 옆에 갇힌 놈들이 소소생에 혼자 움직이는 외톨이 해적이라니!"

"그럼 여기서 탈출할 방법이 없단 말이에요?"

소소생은 다리에 힘이 탁 풀려 주저앉았다.

"그렇지. 봐라, 사람이 중심에 힘이 없으니 그렇게 쉽게 주저앉는 게야. 날 따라서 운동이나 하렴!"

철불가는 또다시 앉았다가 빠르게 일어나기 운동에만 집중했다.

8

한동안 운동에만 몰두하던 철불가가 바닥에 벌러덩 드러누웠다. 감옥 바닥에 뿔뿔뿔 줄지어 가는 개미들이 보였다.

"왜 이렇게 개미가 많아?"

철불가가 개미를 손가락으로 튕기자, 개미는 접었던 날개를 펼쳐 위로 날아갔다.

철불가가 권태로운 목소리로 말했다.

"바다선녀, 우리 이렇게 하는 게 어떻겠소. 금저를 추적하는 데 힘을 모읍시다. 그리고 금저를 찾아내면 먼저 잡는 자가 다 갖기!"

소소생은 깜짝 놀랐다. 뭐든지 독점해야 직성이 풀리는 못난 사람 철불가가 먼저 손을 잡자고 하다니. 무언가 음흉한 노림수가 있는 게 분명했다.

"소소생, 난 네가 뭘 생각하는지 안다. 다른 속내 같은 건 없어.

화랑도를 이끈 원화였다면 멧돼지 사냥도 많이 해 봤을 터. 또한 명주 땅과 신라 전역에서 수련을 했으니 산악 지형도 잘 알 거 아닌가. 금저를 잡는 데 도움이 될 거 같은데, 내 제안이 어떤가, 바다선녀?"

바다선녀도 혹했는지 잠깐 뜸을 들이다가 답했다.

"해적오계 중 세 번째 계율, '교우이의'. '친구를 사귈 때는 항시 의심하라.'"

"'교우이신' 아니에요? 친구는 신의로 사귀라는 거."

소소생이 끼어들었다.

"그건 세속오계란다, 애송아. 나는 내가 지은 해적오계를 말하는 거야. 심지어 상대가 천하의 사기꾼 철불가라면? 말할 것도 없지."

"간만에 진짜배기 해적을 만났구먼!"

철불가가 호탕하게 웃더니 진지하게 말했다.

"좋소. 그러면 내가 자네에게 큰 도움을 하나 줄 터이니 그때 다시 생각해 보기요. 머리에 꽂은 비녀나 좀 빌려주시오."

"그 정도는 해 드리리다."

바다선녀가 지체 없이 비녀를 뽑았다. 그러자 풍성한 머리가 찰랑거리며 풀어 헤쳐졌다. 소소생은 고래눈에 비할 바는 아니지만 굉장히 아름답다고 생각했다. 바다선녀가 비녀를 철불가가 갇힌 감방으로 던졌다.

"소소생 너는 옷을 찢어서 던지거라."

소소생도 입고 있던 상의의 아랫부분을 찢어서 철불가의 감옥으로 밀었다.

철불가는 소소생이 준 옷 조각을 더 잘게 찢어서 기다란 끈처럼 만들고 끝에 바다선녀가 준 비녀를 묶었다. 철불가는 끈에 묶은 비녀를 빙빙 돌려서 철창에 던졌다. 그러자 철창에 비녀가 갈고리처럼 걸렸다가 감방 안으로 끌려 들어왔다.

"허. 설마 겨우 그걸로 이 끝없는 지하 감옥에서 탈출하려는 거요? 내 철불가를 다시 봐야겠군."

바다선녀가 어처구니가 없다는 듯이 물었다. 철불가가 대답 대신 멋들어진 건치를 드러내며 미소를 지어 보였다.

"왜 저래?"

바다선녀가 철불가를 쏘아보았다.

그때 드르륵드르륵 소리가 들리더니 까마득한 위에 시커먼 점이 보였다. 시간이 지날수록 형체가 점점 뚜렷해지더니 간수가 탄 나무 판이 바닥에 닿았다.

"비장께서 네놈들에게 죽지 않을 만큼만 물을 주라고 명하셨다. 쉽게 죽으면 안 된다고 말이지. 낄낄."

간수가 손바닥만 한 물주머니를 감방에 하나씩 던져 주었다. 음식은 오간 데 없고, 물주머니도 절반밖에 차 있지 않았다.

"아니 이렇게 조금만 주면 어쩌나? 배고파 죽을 것 같네. 밥도 줄 순 없겠는가? 천하의 철불가지만 내 체면을 다 버리고 이렇게 사정하겠네."

철불가가 갑자기 눈물을 주르륵 흘렸다.

"아니 진짜 왜 저래?"

바다선녀는 철불가를 보고 있자니 분노까지 치밀었다. 소소생도 철불가의 행동을 이해할 수 없어 말도 나오지 않았다.

간수는 철불가가 울며 사정하는 꼴을 보고 비웃었다.

"이 감옥은 음식이 하늘에서 떨어질 리 없는 곳이니 배고파 죽겠으면 그냥 죽으면 된다."

"내가 이렇게 비네. 제발 먹을 걸 주게. 응? 남겨 둔 개밥도 없나? 먹다 버린 음식이라도 좋네. 제발 부탁이네."

철불가가 울면서 무릎을 꿇고 사정을 하였다.

"햐, 내 오래 살고 볼 일이구면. 천하의 철불가가 개밥이라도 달라고 이렇게 빌다니. 천하제일 미남 해적이니 뭐니 헛소리를 하더니 아주 꼴이 좋구나. 하하핫!"

"내가 뭘 하면 밥을 주겠는가? 무슨 짓이든 시키는 대로 다 하겠네. 응? 보게. 개처럼 바닥을 기라면 기겠네. 아니 지네처럼 기라고 해도 기겠네!"

철불가가 바닥을 기다시피 납작 엎드려 철창으로 바짝 다가갔다. 간수는 그 꼴이 우스워 철불가를 놀리려고 철창 앞으로 갔다.

옆 감방에서 이 모습을 지켜보던 소소생조차 수치심이 들어서 얼굴이 화끈거렸다.

"철불가! 뭐 하는 거예요? 아무리 철불가가 인간 이하라고 불린다지만 그런 비굴한 짓까지는 하지 말자고요."

하지만 철불가는 더욱 바짝 엎드려 간수에게 기어갔다. 간수의 발에 코가 닿을 정도로 가까워지자 철불가가 창살 밖으로 손을 뻗어 간수의 발을 꽉 붙잡고 벌떡 일어났다. 눈 깜짝할 새에 간수의 무게 중심이 뒤집어지며 크게 넘어졌다. 앉았다가 빠르게 일어나는 추진력으로 밀어 올리니 그 힘이 배가 되었다. 간수는 속수무책으로 머리를 바닥에 부딪쳐 기절해 뻗었다. 철불가가 허리 근육에 좋다고 늘 연습하던 그 동작이었다.

간수가 정신을 잃자 철불가는 옷을 찢어 만든 끈에 연결한 비녀를 휘휘 돌려서 창살 밖으로 던졌다. 휙 날아간 비녀가 간수의 허리춤에 달린 열쇠 꾸러미에 턱 하고 걸렸다. 철불가는 비녀가 달린 끈을 살살 잡아당겨 열쇠 꾸러미를 창살 안으로 끌고 왔다.

"됐다!"

철불가는 감방 자물쇠에 맞는 열쇠를 금방 찾아내어 문을 열었다. 이어서 바다선녀와 소소생이 갇힌 감방의 자물쇠를 열어 두 사람도 풀어 주었다.

"철불가!"

소소생이 탈출에 성공하자 감격에 겨워 철불가를 안으려고 했다. 철불가가 뒤로 물러서며 웃었다.

"진정하거라. 아무리 인간 이하라지만 엎드려 빌고 땅바닥을 기어서라도 살아남는 게 내 주특기 아니겠니?"

소소생은 어쩐지 울컥해서 눈물을 글썽였다.

철불가는 나오자마자 간수의 옷을 뒤졌다. 주머니에는 술병과 간식이 있었고, 허리춤에는 칼, 다리에는 손도끼가 묶여 있었다.

"그런데 왜 굳이 제 옷을 찢어 달라고 한 거예요? 제 옷을 만든 천이 특별히 질기기라도 한 거예요?"

"무슨 소리? 내 옷은 찢기 싫으니까 그런 거지."

"아, 예."

소소생은 잠깐이라도 철불가에게 고마워 가슴이 벅찼던 감정을 물리고 싶었다.

"이제 이 나무 판을 타고 올라가기만 하면 되겠네요."

소소생이 발을 딛으려고 하자 바다선녀와 철불가가 동시에 외쳤다.

"안 돼!"

"예? 왜요?"

"간수 한 명만 타고 내려왔는데 올라갈 때 세 명이 타면 무게가 달라지잖아. 위에서 도르래를 돌리는 병사들이 뭔가 이상하다는 걸 눈치챌 거야. 그러니 우리 셋 중 한 명만 타자."

바다선녀의 말에 고개를 끄덕이며 철불가가 말했다.

"자, 그럼 인류 역사상 가장 공평하고 오래된 방법으로 누가 먼저 올라갈지 정하겠네. 가위바위보를 하세."

바다선녀가 고개를 저었다.

"가위바위보라도 속임수를 쓸 수 있으니 싫소이다. 저 간수의 체형으로 보아, 나와 몸무게가 가장 비슷해 보이니 내가 가겠소."

"내 눈엔 내가 가장 비슷해 보이는데?"

"제일 늙은 주제에 어린 자에게 양보도 할 줄 모르오?"

"어허. 그렇다면 더욱 경로 우대를 해야 할 것 아닌가?"

철불가와 바다선녀가 싸우는 사이 뒤에서 정신을 잃었던 간수가 슬그머니 일어났다. 간수는 세 사람이 정신없이 다투는 동안 몰래 나무 판에 올라탔다. 깡깡! 간수가 주먹으로 쇠사슬을 치는 소리가 들리자 그제야 철불가, 바다선녀, 소소생이 돌아보았다.

"아뿔싸!"

세 사람이 동시에 뛰어들었으나 간발의 차로 간수가 탄 나무 판이 지상으로 쭈우욱 당겨졌다.

"난 간다, 멍청이들아! 이제 너흰 물 한 모금도 못 마시고 죽을 줄 알아라! 하하하!"

간수가 통쾌하다는 듯이 웃으며 점이 되어 사라졌다.

"으악! 겨우 빠져나왔는데 저걸 못 타다니!"

철불가가 주먹으로 바닥을 치며 통곡했다. 철불가는 바닥을 기어가는 개미 떼를 보고 괜히 성을 냈다.

"안 그래도 짜증 나는데 이 개미들은 왜 여기까지 기어 들어와서 난리야? 날개도 있는 놈들이 거슬리게 왜 땅속에서 우글거리난 말이야!"

그 말을 듣고 바다선녀가 개미 떼를 유심히 보더니 말했다.

"애송아, 선녀 이야기를 아느냐?"

"애송이 아니거든요?"

소소생이 따졌으나 바다선녀는 그러거나 말거나 말을 이었다.

"고구려 건너 먼 북방에는 하늘에서 내려온 선녀가 인간과 만나 낳은 자식 둘을 데리고 날개옷을 입고 날아간다는 이야기가 있지. 그리고…… 이 개미의 이름이 바로 날개 개미란다."

바다선녀가 귀걸이에 달려 있던 꽃잎을 떼어서 손에 꼭 쥐었다. 꽃잎에서 즙이 흘러나오자 꽃향기를 맡은 날개 개미들이 바다선녀에게 줄지어 모여들었다.

"갑자기 그 이야기가 왜 나와요? 그리고 바다선녀는 해적이지 진짜 선녀는 아니잖아요."

소소생이 어리둥절한 얼굴로 물었다.

바다선녀가 빙긋 웃더니 양팔로 철불가와 소소생을 꽉 잡았다.

"이게 내 날개옷이란다, 애송아!"

그러자 소소생과 바다선녀, 철불가의 몸이 부우웅 위로 솟구치기 시작했다.

"어? 어?"

소소생의 몸이 기울어져 아래로 고꾸라질 뻔하자 바다선녀가 팔에 힘을 주어 자기 쪽으로 끌어당겼다.

소소생은 바다선녀에게 안긴 꼴이 되어 몹시 부끄럽기도 하고 두근거려서 얼굴이 빨개졌다.

'소소생, 이 미친 자야! 고래눈이 금저에게 잡혀가 사태가 위중한데 지금 뭐 하는 거야? 여인과 옷깃만 스쳐도 이 모양이라니. 실망스럽다, 소소생!'

소소생은 잡념을 떨치려고 아래를 내려다보았다.

"날개 개미들이 우릴 올려 주고 있어요!"

감옥 바닥을 까맣게 채울 정도로 몰려든 날개 개미들이 자기들끼리 탑을 쌓아 바다선녀와 소소생, 철불가를 위로 밀어 올리고 있었다. 감옥 어딘가 개미굴이라도 있는 것인지 숨어 지내던 날개 개미들이 끊임없이 몰려와 탑을 쌓았다. 발밑의 거대한 개미 탑이 점점 더 높아지며 셋을 까마득해 보이지도 않던 감옥 입구까지 가볍게 데려다주었다.

"하하하. 이 녀석들은 꽃향기를 풍기면 여왕 날개 개미라고 생각해서 시키는 대로 다 하는 습성이 있거든. 내가 짜낸 꽃잎 향을 맡고 날 여왕개미라고 생각해서 내 말을 듣는 거지."

바다선녀는 원화 시절 산에서 수련을 하며 온갖 약초, 꽃, 곤충과 동물에 대해 익히며 날개 개미의 습성도 잘 알고 있었다.

"숙련된 원화는 바닥에 엎어지고 기지 않아도 어디서든 살아남을 방법을 찾아내는 법이란다. 하하하!"

"예끼. 감방에서도 이 개미들이 꺼내 줄 수 있었겠나!"

바다선녀의 가벼운 도발에 철불가가 발끈하며 씩씩거렸다.

"그건 고맙게 생각한다네. 다만 그 방법이 참으로 비굴했을 뿐이야. 조금 꼴사납기도 했고."

소소생 일행이 지상에 도착하자 날개 개미들이 사방으로 흩어지며 사라졌다. 꽃향기가 옅어지자 여왕개미가 사라진 줄 알고 굴로 돌아간 것이다.

소소생 일행이 다음 계획을 논의하기도 전에 저 앞에서 아까 달아난 간수가 그들을 발견했다.

"저기! 괴물적 소소생이 탈출했다!"

그 소리에 병사들이 하나둘 창칼을 겨누며 달려왔다.

"철불가를 잡아라!"

"바다선녀도 잡아야 한다!"

순식간에 쫓아오는 병사들의 수가 군대를 이룰 만큼 불어났다. 소소생이 당황해서 물었다.

"어떡하죠? 출구는 병사들이 달려오는 저쪽 하나밖에 없는데. 이러다 다시 잡히겠어요!"

"걱정 말거라. 다 생각이 있으니. 옜다, 받으시오!"

철불가가 아까 빼앗은 열쇠 꾸러미를 바로 옆에 있는 감방에 던져 주었다.

"고맙소!"

감방에 갇혀 있던 해적이 열쇠 꾸러미를 받아 자물쇠를 풀었다. 해적은 감방을 나와 열쇠 꾸러미를 또 다른 감방으로 던졌다. 그렇게 주르르 늘어선 감방 문이 차례차례 열리기 시작했다.

철불가는 병사들을 향해 달려가면서 복도 좌우에 있는 감방 자물쇠를 간수에게서 빼앗은 손도끼로 내리쳤다. 바다선녀도 철불가가 무엇을 하려는지 눈치챈 듯 감방 자물쇠를 맨궁으로 쳐서 부쉈다.

철불가가 큰 소리로 외쳤다.

"장보고는 개밥과 같고!"

해적들도 신이 나서 달려 나오며 외쳤다.

"그 자식들도 개같이 생겼다!"

기다란 복도의 감방 문이 열리자 험악한 해적들이 와아아 함성을 지르며 쏟아져 나왔다. 그들 사이엔 골동품 가게 주인도 있었다. 철불가 때문에 갇혔다가 그 덕분에 풀려난 셈이었다.

병사들은 달아나는 죄수들을 제압하려 무기를 휘둘렀으나 오히려 무기를 빼앗겨 얻어맞기 시작했다.

"죄수들이 도망친다!"

소소생과 철불가, 바다선녀는 해적들과 병사들이 엉켜 혼란스러운 틈을 타 바닥을 기고, 공중제비를 돌고, 남의 머리를 밟고 뛰어서 마침내 감옥을 탈출했다.

"이쪽으로!"

바다선녀가 소소생과 철불가를 근처 산으로 이끌었다.

한참을 달려서 산 깊은 곳에 이르렀을 때 바다선녀가 말했다.

"이제 따돌린 것 같소. 잠시 쉽시다."

바다선녀가 걸음을 멈추고 낮은 바위에 걸터앉았다. 소소생 일행이 오른 산은 지형이 가파르고 험한 데다 숲이 우거져 몸을 숨기기 좋았다. 철불가는 아까 간수의 옷을 뒤져서 챙긴 술병을 꺼내 콸콸 입에 들이부었다.

"캬. 달다. 달아."

"철불가 그쪽한테 신세를 졌으니 약속대로 금저 찾는 것을 돕겠소. 물론 금저를 누가 차지할 것인지는 가 보면 알겠지."

바다선녀가 말했다.

"성격도 시원시원하니 좋군. 그나저나 집채만 한 황금이라니. 내다 팔면 얼마간은 놀고먹을 수 있겠지?"

철불가가 손바닥을 비비며 웃었다.

"금저 가죽이 황금인 거지, 속까지 황금이겠어요? 고기는 다른 돼지랑 비슷하지 않을까요?"

소소생이 물었다.

"아뿔싸! 그 생각은 못 했구나! 그럼 금저를 잘 키워서 결혼을 시키면 또 금저를 낳으려나?"

"금저를 낳게 하려면 금저끼리 맺어 줘야 하지 않겠소?"

바다선녀도 머리를 긁으며 말했다.

"젠장. 다른 금저는 또 어디서 찾는단 말이오?"

천하의 악질 해적 둘이 머리를 맞대고 한다는 소리가 저 수준이라니. 소소생은 절레절레 고개를 흔들었다.

"황금이 그렇게 좋으세요? 황금을 가지면 사람이 눈이 멀어 요사스러워진다던데. 뭐든 적당한 게 좋다고요."

"그런 소리는 위엣것들이 황금을 독차지하려고 거짓으로 지어낸 소리란다. 인생에 중요하다고 하는 것들, 효심, 충심, 신의, 도리 그런 건 다 개소리야. 사실 그런 건 사는 데 더 방해가 되지. 성공은 하고 싶지만 효심을 위해 포기하기도 하고, 충심 때문에 목숨을 버리기도 하고, 신의를 지키다 배신을 당하잖니. 다 우리를 쉽게 다스리려고 세뇌시키는 거란다."

"그래도 그런 게 있어야 세상이 돌아가죠. 다 철불가 같아 봐요. 지금쯤 신라는 난장판이 됐을걸요."

"생각해 봐라. 네가 존경하는 장보고 대사는 천하의 황금 절반을 가졌지만, 황금 때문이 아니라 부하에게 배신을 당해서 망했다. 사람은 배신하지만 황금은 배신하지. 금저를 잡으면 너한테도 꼬리 정도는 넘겨주마."

철불가가 소소생의 어깨에 팔을 걸쳤다. 소소생은 왜 친한 척을 하나 거북하여서 철불가의 팔에서 슬쩍 빠져나갔다.

그 꼴이 눈꼴사나워 바다선녀가 물었다.

"진짜 그 애송이도 달고 갈 거요? 금저 사냥에 걸리적거릴 텐데. 보아하니 아무 능력도 없는 꼬맹이 아니오?"

"아니 아까부터 자꾸 애송이, 꼬맹이 운운하면서 무시하는데 저도 그쪽 싫거든요?"

소소생이 발끈했으나 이번에도 바다선녀는 코웃음만 쳤다. 소소생은 아까 바다선녀가 구해 줬다고 잠깐 두근거렸던 것이 부끄러워 괜스레 더 화가 났다.

"고래눈 때문에 잠깐 손을 잡는 것일 뿐이니 금저를 찾고 나면 갈 길 가시지요? 흥!"

소소생이 콧방귀를 뀌고 돌아섰다. 소소생이 앞서가자 뒤에서 철불가가 바다선녀에게 낮은 소리로 말했다.

"자네가 만든 해적오계 중 교우이의에 따르면, 친구란 항상 의심하고 믿지 않아야 하지만 소소생만은 믿을 수 있다네. 저 녀석, 대단한 바보라서 배신할 줄을 모르거든."

철불가는 씨익 웃고는 "같이 가자. 소소생!"이라 외치며 소소생 뒤를 쫓았다.

9

　명주성의 연무장, 주군왕이 한 장수와 검을 겨루고 있었다. 주군
왕은 칼날이 반달처럼 생긴 커다란 언월도를 휘둘렀다. 장수가 주
군왕의 눈치를 보며 칼을 적당히 휘둘렀다.

　"봐주지 말고 제대로 해야지. 전쟁터에서도 이럴래?"

　주군왕이 언월도로 장군의 머리를 향해 내리쳤다. 장수가 한발
빨리 언월도를 흘려 쳐 냈다. 챙강. 주군왕이 들고 있던 언월도가
날아가 땅에 박혔다. 주군왕의 눈꺼풀이 미세하게 씰룩였다.

　"진작 이렇게 했어야지. 잘하네."

　"운이 좋았습니다. 주군왕께 한 수 배웠습니다."

　주군왕이 바닥에 꽂힌 언월도를 뽑아 돌아서는 듯했다. 장수도
돌아서서 가는데 주군왕이 갑자기 언월도를 치켜들고 달려들었다.
그 눈에 살기가 가득했다. 장수가 기지를 발휘해서 몸을 굴려 피하

자 맨땅에 주군왕의 언월도가 꽂혔다.

"주군왕······. 죽을죄를 지었습니다······!"

장수가 주군왕에게 납작 엎드렸다. 분을 참지 못한 주군왕이 언월도를 다시금 높이 쳐들었다.

"소소생과 철불가, 바다선녀가 탈출했습니다!"

그때 이 비장이 연무장으로 달려 들어왔다.

"하, 진짜. 오늘 일진이 참으로 좋소이다?"

주군왕의 눈에서 살기가 뿜어져 나왔다.

"그런데 말이야, 이 비장. 어떻게 지금 들어온 거지? 이자랑 내가 겨루기를 하다가 막 승부가 나려던 참이거든."

이 비장은 움찔 놀랐다. 사실 이 비장은 주군왕과 장수의 겨루기를 지켜보고 있었다. 탈옥 소식을 알릴 틈을 엿보는데 주군왕이 장수를 정말 죽일 것 같자 말리려고 뛰어든 것이었다. 주군왕이 이를 눈치채고 이 비장을 떠보는 게 분명했다.

"워낙 급한 사안이라 그만 폐를 끼쳤습니다. 승부는 보나 마나 주군왕께서 승리하셨을 것입니다. 그리고 지하 감옥에 있던 다른 해적과 죄수도 모두 달아났습니다. 면목 없습니다."

"이 비장, 이 비장, 이 비장! 계속 이러면 말이오? 면목 없는 게 아니라 목이 없게 될 거네. 해임이 문제가 아니라 진짜 목을 썰어 버린다고. 자네 가족이 서라벌에 있다고 했던가?"

"그, 그건······!"

'가족 이야기는 한 적 없는데? 벌써 내 뒷조사를 했단 말인가?'

이 비장이 꼴깍 침을 삼켰다. 가족을 들먹거리고 좋은 말을 하는 사람은 지금까지 아무도 없었다.

"내 여기 오기 전엔 서라벌에 있었지 않나. 아직 거기 남은 수족들이 있거든. 그들이 말하길 자네 가족들이 목이 아주 길다더군. 자네 목처럼 말이야. 하하핫. 너무 길어서 그 목을 썰면 몇 근이 나올까 궁금할 정도라나?"

주군왕이 이 비장을 향해 언월도를 휘둘렀다. 휘잉 이 비장의 머리카락이 잘려서 공중에 흩어졌다.

"제발 가족들만이라도 살려 주십시오! 반드시 극악무도한 해적 소소생 일당을 잡아 오겠나이다!"

이 비장이 즉각 무릎을 꿇고 이마를 땅에 찧었다.

"내 이번에 같이 가서 지켜보겠네. 출발하지!"

주군왕이 언제 그랬냐는 듯 다시 쾌활하게 소리쳤다.

이 비장은 주군왕이 멀어지고도 한동안 일어나지 못했다.

바다선녀가 금저를 추적하느라 짐승 발자국을 살필 때였다. 무언가 바다선녀를 향해 휘익 날아왔다! 가까스로 고개를 돌려 피하자 바다선녀의 머리가 있던 곳에 단도가 박혔다. 동시에 괴한이 달려드는 바람에 바다선녀는 괴한과 엉켜서 뒹굴었다. 바다선녀가 괴한을 발로 걷어차 거리를 벌리고 앞에 선 이를 노려보았다.

그 정체는 범이었다.

"범아!"

소소생이 반갑게 불렀으나 범이는 듣지 못했는지 소소생 쪽은 쳐다도 보지 않았다.

"바다선녀! 이런 곳에 숨어 있었구나!"

범이가 단도를 양손에 쥐고 빠르게 달려들었다. 범이가 정면에서 돌진하여 찌르기를 하면, 바다선녀는 버드나무처럼 유연하게 흘리며 달아났다.

"나한테 왜 이러는 게냐?"

"저지른 악행이 많아 네가 뭘 잘못했는지 모르나 보구나!"

바다선녀는 근거리에선 활대로 범이의 칼을 쳐 내었고 거리가 벌어지면 활을 쏘아 범이를 밀어냈다. 범이도 공중제비를 돌고 날아오는 화살을 발로 차 튕겨 내며 맞섰다.

"범아, 대체 무슨 일이야? 그만둬!"

소소생이 아무리 외쳐도 범이는 듣지 않았다.

"철불가 뭐 하세요? 지금 빨리 싸움을 말려야죠!"

"원래 제일 재미난 구경이 불구경, 싸움 구경이라지 않니?"

철불가는 싸움을 뜯어말릴 생각은 안 하고 팔을 꼬고 지켜보기만 했다. 두 사람의 실력이 워낙 막상막하라 보는 재미가 있었다.

"소소생, 네가 자꾸 해적이 아니라고 거짓말을 해도 고래눈 형제를 향한 네 마음은 믿었다. 한데 바다선녀와 같이 다녀?"

"그게 무슨 상관인데? 난 지금도 고래눈을 좋아한다고!"

바다선녀가 코앞까지 날아온 범이의 단도를 막아 내며 물었다.

"고래눈을 끔찍이도 생각하는 건 알겠다만, 왜 다짜고짜 나한테 칼침을 놓으려는 거냐?"

범이도 밀리지 않으려 팔에 힘을 주었다.

"네가 금저를 부려서 고래눈 형제를 납치한 것 아니냐?"

"뭐? 겨우 그것 때문에 이렇게 발광을 하는 거야?"

바다선녀가 가죽 가방에서 작은 유리병을 꺼내 범이에게 뿌렸다. 시커먼 가루가 범이의 얼굴을 덮쳤다.

"콜록콜록! 앗, 따가워!"

범이가 눈물 콧물을 쏟으며 기침을 했다.

"비겁하게 후춧가루를 뿌려?"

그 틈에 바다선녀가 범이의 발을 걸어차 넘어트리고 목을 발로 누르며 말했다.

"해적오계 네 번째! '임전필퇴!' 시간 끌지 말고 길어진다 싶으면 물러나라! 물러나려는데 네가 놓아 줄 기미가 없어, 작은 기지를 부렸을 뿐이란다."

소소생이 달려와 바다선녀에게 말했다.

"잠시만요! 오해인데 이렇게까지 할 필요는 없잖아요."

"애송이 주제에 잔소리도 많네."

바다선녀가 못마땅해하며 범이의 목에서 발을 뗐다. 소소생이 범이를 일으키며 그간 있었던 일을 들려주었다.

"바다선녀는 누명을 썼을 뿐 금저와는 관련이 없어. 단지 금저를 우리 중 가장 먼저 발견한 데다, 원화 시절 멧돼지 사냥도 잘했다고 해서 금저를 같이 찾는 중이야."

범이도 목을 주무르며 일어나 사정을 설명하기 시작했다. 고래눈을 구하지 못한 데다 소소생까지 잡혀가자 범이는 해적선으로 돌아갔다. 범이와 동료들은 고래눈을 찾는 한편 금저에 대해 백방으로 수소문했다. 그러다 이상한 소문이 들려왔다. 바다선녀라는 고약한 신흥 해적이 금저를 부린다는 것이었다.

평소였다면 속지 않았을 테지만 고래눈 문제라 판단력이 흐려진 범이는 잘못된 소문을 듣고 바다선녀를 쫓기 시작했다.

어찌 됐든 먼저 공격한 것은 범이이니 고래눈이 이 자리에 있었다면 범이에게 사과부터 하라고 일렀을 것이다.

"거 미안하게 됐수다."

"거 잘 좀 알아보고 움직이지, 원."

바다선녀가 귀를 후비며 대꾸했다.

"아니 상대가 사과하면 괜찮다고 해야 하는 거 아니오?"

"안 괜찮은데? 아이고. 이 나이에 새파란 놈이랑 드잡이를 했더니 손목이 시큰거리네."

"와 진짜. 사람이 사과하면 적어도 비아냥거리지는 말아야 하는 거 아니오?"

"아니? 사과는 받는 사람이 분이 풀릴 때까지 해야지!"

"으휴. 고래눈 형제 찾을 때까지만 참는다!"

바다선녀가 유치하게 낼름 혀를 내밀고는 고개를 홱 돌렸다.

"잠시만. 무슨 냄새 안 나요? 어디서 타는 냄새가 나는데."

소소생이 코를 벌름거렸다. 어디선가 매캐한 냄새가 났다.

바다선녀가 나무 위로 훌쩍 뛰어올라 산을 살폈다. 여기서 멀지 않은 곳에서 시커먼 연기와 함께 산불이 번지고 있었다.

"또 가짜 소소생이 설치고 있나 보군. 바다선녀의 이야기와 소소생의 이야기를 합쳐 보면 금저는 불이 나는 곳마다 찾아오니, 이번에도 저 산불이 난 곳으로 가면 금저를 만날 수 있을 게다!"

철불가가 앞장서서 산불이 타오르는 곳으로 달려갔다.

"으윽……."

고래눈이 눈을 떴다. 흐릿하던 시야가 또렷해지며 여러 겹으로 보이던 형체들이 점차 하나로 합쳐졌다. 벽사수 열매를 먹고 쓰러진 뒤, 며칠은 앓아누운 것 같았다.

고래눈이 벌떡 일어나서 동굴을 둘러보았다. 금저는 보이지 않았다. 몸을 살펴봐도 다치거나 발진이 돋은 곳은 없었다.

"독이 든 열매인 줄 알았는데……."

머리에 깊게 파인 상처도 완전히 아물어 매끈했다.

"상처가 낫다니. 벽사수 열매에 이러한 효능이 있었던가!"

금저가 이럴 줄 알고 벽사수 열매를 먹으라고 했던 것일까. 고래눈은 동굴 구석에 쌓여 있는 고서 더미를 발견했다. 약초에 대해 적어 놓은 책과 신라의 지역 체계를 알려 주는 책도 있었다.

"금저가 책을 볼 줄 안다고? 설마 그럴 리가."

하지만 고래눈에게 보였던 행동을 더듬어 보면 금저는 지능이 인간만큼, 어쩌면 인간보다 나을지도 몰랐다. 대체 그러한 금저가 왜 사람을 해치는 것일까.

"역시 복수인가……."

그렇다면 일단 금저를 막아야 한다. 아무리 불을 지른 인간에 대한 복수라고 해도, 지금 금저의 행동은 무고한 이들을 해치는 학살에 불과하다. 금저의 지능이 사람과 대등하다면 필시 설득할 수 있을 것이다. 지금쯤 범이와 소소생이 자신을 찾고 있을지도 모른다고 생각하자 더욱 초조해졌다. 그들은 금저가 불을 싫어한다는 것을 모르니 금저를 더욱 자극시켜 날뛰게 할 수도 있었다. 그러면 신라 전역에 어마어마한 재난이 닥칠 것이었다.

"한시가 급하다. 빨리 나가야 해!"

고래눈은 동굴을 탈출하기 위해 입구를 막고 있는 바위를 밀어낼 방법을 찾기 시작했다.

"나는 불귀신이자 괴물적으로 불리는 소소생이다! 네놈들이 가진 재물을 내놓지 않으면 싹 태워 죽일 것이야!"

산불이 일어난 곳에 도착한 소소생 일행 앞에 도깨비 가면을 쓴 놈들이 나타나 다짜고짜 칼을 들이밀었다.

"나는 괴물적 부하 철불가다! 당장 재물을 내놓아라!"

소소생은 너무 성의 없이 그린 도깨비 가면에 실소가 나왔다.

"예? 그쪽이 저라고요?"

소소생은 어째서인지 부끄러움이 자신의 몫처럼 느껴졌다. 수치심에 고개를 들 수가 없었다.

철불가는 피식피식 웃더니 가짜 철불가 주변을 빙긍빙글 돌면서 말했다.

"아니 철불가라면 그 무시무시하고 악랄한 해적 말이오? 내 듣기에 철불가는 무척 잘생기고 똑똑하여 아무도 그를 당해 내지 못한다던데. 얼굴 좀 보여 주시겠소?"

"흠흠. 내 얼굴은 너무 멋져서 직접 보면 혼절할 것이니 못 보여 준다."

가짜 철불가가 말했다.

"그렇다면 철불가가 제 수족처럼 다루는 솔개날 쏘는 걸 보여 주시겠소? 솔개 머리가 새겨진 쇠뇌인데 한 번에 화살을 열 발씩 쏘아서 수백 명을 죽인다고 명성이 자자하더이다."

"그것은 집에 두고 왔다!"

"거 참 이상하네. 그 솔개날이 왜 내 허리춤에 있을까? 응? 안 그렇소?"

철불가가 가짜 소소생과 가짜 철불가를 놀리며 허리춤에서 솔개날을 꺼내 겨눴다.

가짜 불귀신들이 당황해서 서로를 쳐다보다가 물었다.

"그렇다면 진짜 철불가?"

"그래. 이 어리숙한 녀석이 진짜 괴물적 소소생이시다."

철불가가 소소생의 어깨에 손을 턱 올리자 가짜 불귀신들이 냅다 달아났다.

"으악!"

"저놈들이!"

범이가 쫓아가려 하자 바다선녀가 범이를 붙잡았다.

"지금 그럴 때가 아니야."

언제 나타났는지 이 비장과 병사들이 소소생 일행을 둘러싸고 있었다. 그들을 밀치며 주군왕이 앞으로 나와 섰다.

"네놈들이구나. 감히 지하 감옥에서 탈출해서 내 명성에 먹칠을 하려던 게. 내가 어디서 들었는데 사람을 쥐어짜도 기름이 나온다더군. 네놈들을 쥐어짜서 만든 기름은 얼마나 잘 탈지 궁금하지 않아? 이 산을 전부 태워 먹을 정도는 되려나?"

주군왕이 혀로 입술을 핥았다. 소소생은 주군왕의 눈빛을 보고 저도 모르게 뒷걸음쳤다. 김 대사나 박 한찬도 못된 인간인 것은 마찬가지였으나 그들에겐 적어도 두려움이 있었다. 그러나 주군왕의 눈빛에서는 한 번 당하면 상대가 누구든 두 번, 세 번이 문제가 아니라 죽을 때까지 절대 놓아 주지 않겠다는 광기가 보였다.

"이거 예감이 영 안 좋은데."

범이도 똑같이 느꼈는지 양손에 단도를 꼭 쥐었다. 바다선녀, 소소생, 철불가, 범이는 등을 마주 대고 둥그렇게 서서 다가오는 병사들과 대치했다.

이 비장의 선공으로 싸움이 시작되었다. 바다선녀가 달려 나가

이 비장의 칼을 받아쳤다. 바다선녀는 맥궁으로 멀리서 접근하는 병사들을 쏘아 맞추고, 병사의 칼을 빼앗아서는 가까이서 공격하는 자들을 베어 넘겼다. 원화가 되기 위한 훈련으로 다져진 바다선녀는 칼솜씨마저도 병사들 이상이었다.

범이는 두 개의 단도를 날려 병사들의 팔과 다리를 베어 쓰러트리고 그림자처럼 소리 없이 움직이며 숨통을 끊었다. 병사들은 무엇에 당한지도 모른 채 쓰러졌다.

철불가는 솔개날로 화살 여러 발을 동시에 쏘아 병사들을 한 번에 네댓 명씩 맞히고, 날아오는 창과 깊이 들어오는 칼을 특유의 날쌘 몸놀림으로 스치듯 피해 버렸다.

소소생은 무기가 없어 불이 붙은 나뭇가지를 꺾어 만든 횃불을 휘둘렀다.

고작 다섯이었으나 수백이 넘는 명주 군사들이 쉬이 다가가지 못하고 고전하자 주군왕이 직접 나섰다. 주군왕은 제 키만큼 커다란 언월도를 휘둘러 소소생의 목을 노렸다.

그러는 동안 주변의 산불은 온 산을 잡아먹을 듯 점점 커졌다.

"으악! 살려 주세요!"

소소생이 비명을 지르자 주군왕은 재밌다는 듯 껄껄댔다.

"살려 달라고 비는 것들이 제일 멍청하단 말이야. 살려 줄 생각이 있으면 이러겠냐고. 안 그래? 구차하게 목숨을 구걸해서 뭐 얼마나 잘 살아 보겠다고. 그래 봤자 버러지 같은 인생인데 말이지."

주군왕은 장난감을 가지고 놀듯이 소소생의 팔, 어깨, 다리에 조

금씩 상처를 내었다.

"조심해라, 소소생. 이번엔 네놈 발목을 베어서 평생 못 일어나게 해 줄 테니. 그 다음엔 손목을 베어서 손을 못 쓰게 할 것이고, 그 다음엔 네 눈을 베어서 아무것도 못 보게 해 주마. 하나씩 하나씩 네놈을 아무것도 못 하는 몸으로 만들면 마지막으로 목을 쳐 주지."

'윽……! 완전히 미쳤어. 달아나야……!'

온몸에서 피를 흘리며 넘어진 소소생이 주군왕을 피해 커다란 회색 바위로 기어 올라갔다. 하필 그 바위가 물컹거리는 통에 소소생은 얼마 가지도 못해 미끄러졌다. 소소생이 정신을 차리기도 전에 주군왕이 언월도를 창처럼 들고 달려왔다.

"죽어라!"

소소생이 옆으로 굴러서 피하자 언월도가 물컹한 회색 바위에 박혔다. 그 순간 꿀렁꿀렁하던 회색 바위가 철컥! 소리를 내며 언월도를 튕겨 냈다. 날카로운 소리와 함께 황금 갑옷을 입듯 황금 비늘이 가죽에 덧입혀졌다. 그 바람에 주군왕의 언월도가 댕강 부러지고, 부러진 언월도 조각이 주군왕의 뺨을 스쳤다. 주군왕의 뺨에 기다란 상처가 생기며 피가 주르륵 흘렀다.

갑작스러운 상황에 모두 놀라 싸움을 멈추고 황금색 바위에 시선을 고정했다. 황금색 바위가 천천히 육중한 몸을 일으켰다. 멧돼지를 닮은 얼굴에 꼬불꼬불하고 짧은 꼬리가 달린 그것은 황금 돼지, 금저였다.

"금저!"

소소생이 소리쳤다.

철불가가 경이로운 표정으로 금저를 보았다.

"저놈이 바로 금저로구나……!"

금저의 황금색 가죽에 작은 틈이 벌어지더니 그 사이에서 치이이익 하얀 연기가 뿜어져 나왔다. 눈 깜짝할 사이에 세상천지가 뿌옇게 변했다. 구름이 내려앉은 것처럼 그 일대를 뒤덮고도 안개는 점점 더 짙어졌다. 독 안개에 갇힌 그 누구도 살려 보내지 않겠다는 듯이.

〈8권에 계속〉

곽재식의

괴물도감

금저

평상시에는 평범한 멧돼지처럼 진흙 같은 회색이지만, 전투 태세에 들어가면 날붙이가 들지 않는 단단한 금색 가죽으로 변한다. 피부에서 하얀 독 안개를 뿜어내는데, 이를 들이마시면 가장 두려워하는 환상을 보게 돼 자신이나 남을 해치려 들게 된다. 사람의 말과 글을 이해하고, 사냥꾼들의 함정을 피해 다닐 정도로 지능이 높다. 외모와 달리, 꽃사슴처럼 연약한 동물을 두려워한다는 소문도 있다.

지하지인

되살아나 움직이는 시체다. 검은색에 가까운 썩은 살갗 때문에 검은 손이라고도 불린다. 살아 움직이는 사람을 잡아먹으려는 충동만이 남아 있다. 한 무당이 제사를 지낼 때 시체를 움직여 사람들을 놀라게 하고, 제사상을 쓸어 갔다는 일화가 전해진다. 지독한 전법을 쓰기로 악명이 높은 한 장수는 전쟁 중 지하지인들을 적진에 풀어놓아 진영을 흩뜨렸다고 한다.

우룡정

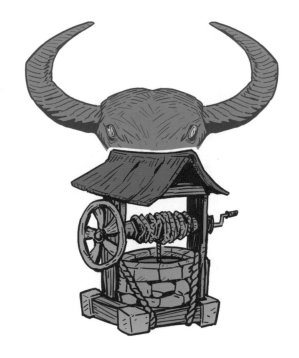

오래된 우물에 사는 괴물이다. 우물이라면 어디든 들어가 자리를 잡는다. 마을에 슬픈 일이 있으면 며칠 동안이나 밤낮없이 소 울음소리를 내며 운다. 소 모습의 용이라고 생각한 사람들이 우물 앞에서 우룡신이라며 복을 빌기도 한다. 좁고 습한 오래된 우물을 좋아하는데, 때로는 우물인 줄 착각하고 아주 작은 병이나 주머니에 들어가 물을 만들어내는 녀석도 있다고 한다.

대망

커다란 구렁이라는 뜻으로, 이름처럼 바다와 육지를 넘나들 정도로 거대하다. 길이는 사람 키의 수십 배, 굵기는 대궐집의 대들보만 하다. 산짐승과 물고기를 가리지 않고 잡아먹는다. 무게도 무거워서 지나가기만 해도 도랑이 파인다. 몸속에는 커다란 진주 같은 기이한 보석을 품고 있어, 대망을 전문적으로 노리는 사냥꾼들도 있다고 한다. 종종 산중에서 허물이 발견되는데, 거대한 크기 때문에 이무기가 승천하고 남긴 것으로 여겨진다.

벽사수

사악한 것을 막는 나무라는 뜻으로, 조개 같은 생김새의 붉은 열매가 열린다. 열매에서는 시큼한 향이 풍기며, 먹으면 떫고 신맛이 나지만 상처를 치유하는 힘이 있다. 나뭇가지와 나무 조각은 부적처럼 지니는 것만으로도 사악한 것을 물리치고, 숨겨진 주술을 간파할 수 있다. 신비한 힘 때문에 오래된 벽사수가 있는 마을에는 곡소리가 나지 않는다는 전설이 전해진다.

크리처스 7: 신라괴물해적전

금저 편 上

1판 1쇄 인쇄 2024년 5월 13일
1판 1쇄 발행 2024년 5월 28일

글 곽재식, 정은경
그림 안병현
펴낸이 김영곤
펴낸곳 (주)북이십일 아르테

융합1본부장 문영
기획개발 변기석 신세빈 김시은
디자인 임민지 박지영
아동마케팅영업본부장 변유경
아동마케팅1팀 김영남 정성은 손용우 최윤아 송혜수
아동마케팅2팀 황혜선 이규림 이주은
아동영업팀 강경남 김규희 최유성
e-커머스팀 장철용 양슬기 황성진 전연우
제작팀 이영민 권경민

출판등록 2000년 5월 6일 제406-2003-061호
주소 (우 10881) 경기도 파주시 회동길 201 (문발동)
대표전화 031-955-2100 **팩스** 031-955-2151
홈페이지 www.book21.com

ISBN 978-89-509-3780-5 (44810)
      978-89-509-0969-7 (세트)